庆祝中华全国总工会成立100周年

天津市职工作家创作文丛

暖春

安扬 著

NUAN CHUN

中国工人出版社

图书在版编目（CIP）数据

暖春 / 安扬著.—北京：中国工人出版社，2024.4
ISBN 978-7-5008-8426-2

Ⅰ.①暖… Ⅱ.①安… Ⅲ.①长篇小说—中国—当代 Ⅳ.①I247.5

中国国家版本馆CIP数据核字（2024）第048056号

暖春

出 版 人	董　宽
责任编辑	罗　娜
责任校对	张　彦
责任印制	栾征宇
出版发行	中国工人出版社
地　　址	北京市东城区鼓楼外大街45号　邮编：100120
网　　址	http://www.wp-china.com
电　　话	（010）62005043（总编室） （010）62005039（印制管理中心）
发行热线	（010）82029051　62383056
经　　销	各地书店
印　　刷	北京市密东印刷有限公司
开　　本	880毫米×1230毫米　1/32
印　　张	5.5
字　　数	114千字
版　　次	2024年4月第1版　2024年4月第1次印刷
定　　价	30.00元

长风破浪会有时

蒋子龙

甲辰年初夏——“五一”劳动节来临之际，津沽大地绽放出一束别样的文学景观：十位作家，一套丛书，十部作品。作家居然成一个班的建制“闪亮登场”，让人有些惊奇和振奋，甚至感到有些突然。曾几何时，社会一度在关注天津青年作家队伍的现状，如今看谁还敢说“天津文学后继乏人”？！

说突然，其实并不突然。在过往的岁月里，他们都公开发表过多篇小说、散文、诗歌等作品，有的还出版过长篇小说，只是多以“散兵游勇”的姿态游离于文学界。久而久之，他们当中或许有人会成为名家，或许有人会与文坛渐行渐远，这也充分说明了机遇和平台的重要性。这十位作家来自不同的行业，他们共同的身份是所在单位的工会会员。这批俗称语境中的“业余作者”，之所以能和他们的作品一起在天津文坛集体出场，得益于天津市总工会的“职工作家培育工程”。回想起早年间，我所在的厂工会是职工的文艺之家，文、音、体、美、舞全面开花，富有吸引力、感召力和亲和力。离开工厂多年，我无论如何都想不到，天津市总工会竟办成这样一件给文学界鼓气提神、为职工生活锦上添花的大好事。

职工是社会的重要见证者和参与者，也是通过劳动创造生活的实践者。主办方天津市总工会告诉我，启动于去年春天的“职工作家培育工程”，参加条件之一是“在职职工”。在我看来，“在职职工”的视野里有真东西，生活中有真体验，情怀中有真良心，笔尖上有真表达，这就从根本上杜绝了鸡零狗碎的胡编乱造——看似写的是现实生活，却没有现实感，触及不到现实的敏感神经和痛点。纵观过往的文学大家，大都是“在职职工”。钱钟书对“纯文人”甚不以为然，他在《论文人》中就直言:“古人所谓‘词章家’、‘无用文人’、‘一为文人，便无足观’的就是。至于不事虚文，精通实学的社会科学与自然科学等专家，尽管也洋洋洒洒发表着大文章，断不屑以无用文人自居。”在物质社会、同质时代，差异就是优势，职业本身就使他们具备天然的差异性。因此，“在职职工”更容易培养和保持自己的势能。而写作，是不能失去势能的。

克莉斯蒂有句名言:“作家是缺少自信的人，永远需要鼓励。”从某种意义上讲，天津市总工会提供的“培育”更像一种鼓励。这种“鼓励”可谓形式多样、内容丰富，其中包括联系名家交流创作体会、提供修改建议等。这不仅是对“业余作者”

的鼓励，也是对文学创作“造血”机能的培育。岂止是“业余作者”，即使是名家，也需要这种鼓励。陈忠实写完《白鹿原》，先拿给一位并非声名赫赫的评论家朋友看，得到朋友的认可和鼓励后，才敢寄给出版社。同样的道理，十位作家与工会这个“知音”不期而遇，从而有了十部作品的高山流水。

这十位作家中有机关干部、产业工人、教师、公安干警、社区工作者等，他们带来七部长篇小说和三部5万字以上的中篇小说。其中的《坚不可摧》在我看来是长篇架构，只是没有完全展开，交代多于描写。这些作品无一不是从他们熟悉的生活元素中提炼出来的，题材多样、内容丰富，带有明显的天津地域色彩，创作理念也各有千秋。他们有沉实的生活底蕴，再配上足够的想象力，小说就有了魅力。

文学不能失去社会性，这十部书有着结实的人物形象和故事，写出了现实生活的骨感。《追光》中的女主人公刘少英，原是家里的墙上贴满奖状的模范人物，是村里最早致富的领头人，为支持村里办炼铁厂让全村人致富，不惜拿出全部家当。为此丈夫离开了家，而唯一的儿子死于事故。因儿子宅基地上无房，无法拆迁分房，村里干部和开发商与她多次协商无果，她成了“钉子户”和“上访专业户”。幸好后来为给山里送电，负责解决这一问题的男主人公陈进，年轻时曾是刘少英的崇拜者，诚直和厚、古道热肠，在他的调解下，刘少英主动迁走了儿子的坟墓，为“追光”工程让路。晚年，她孤身一人顽强而不倨傲地生活在山脚下，守护着儿子的孤坟。整部小说风骨硬朗、气象清扬，并不回避社会现实中的丑恶与矛盾，却令人动容，并感到温暖。

文学界似乎或明或暗、或断或续地一直在争论写“光明面”和“阴暗面”的问题。文学的力量不取决于写不写这“两面”，而是怎样写、以什么样的心态写。倘是怀着阴暗的心理歌颂“光明”，那就是对“光明”的嘲讽，效果适得其反。而《追光》的作者诤直有胆识，文不负心，持经世情怀，纵是揭露了种种社会矛盾和丑恶，却能真正打动人，反不会令人有晦暗之感。诺贝尔文学奖获得者、德国作家格拉斯曾言“文学正在从公众生活中撤退”，这才是文学被边缘化和失去感染力的原因。现实主义的基本逻辑是真实，深刻必蕴于诚实之中。现实主义的真实有超越虚构和说谎的力量。

中篇小说《坚不可摧》就具备这样的品格，两个优秀的警察，不得不躲在医院卫生间里彻夜分析案情，商量破案办法。为什么？因为他们的顶头上司公安局长是凶杀案的幕后主使。小说气格峥嵘，提供了一个很好的故事，触及了现实的痛处。直面现实，才能超越现实，富有建设性。这样的作品有益于世道人心，给人一种精神鼓舞。

长篇小说《肺活贴》也如此，主人公吴刚的亲人罹患绝症，又被现行医疗环境逼到绝境，竟发愤自己制药……从一个个剖面，层层剥开掣肘职场、阻碍顺畅呼吸的病灶，绘制一幅幅青春奋斗风貌。这样的小说才是读者乃至社会的“肺活贴”。作者把自己的灵魂注入作品之中，用真诚使文字有了一种巨大的感染力量。真诚是创作的命根子，写作不是精神逃避，有真性情才有好文字。在虚假文字泛滥、作家的虚构能力减弱的当下文坛，这十部作品尤其显得难能可贵，有一种回归创作本真的强心意义。

长篇小说《“姐夫”驾到》文思灵幻，生面别开。单是主人公获得了“姐夫”这样一个称谓，便带着亲昵、诙谐等诸多涵义。一个合资企业的代理工会主席，像“姐夫”一般千方百计、足智多谋地为职工谋求合法权益，关心职工的进步和发展，最终竟将企业的外方老板也教化成半个“姐夫”。小说气象融合可亲，用嬉戏笔法消解了企业内部的紧张矛盾，语言俊丽、文采盎然。

《一条大河波浪宽》中的“大学生村官”闫行的一段话，让我觉得这部小说的境界，高于眼下同类题材的许多作品：“我不想唱高调，对我来说，我就是找了一份普普通通的工作，自己做得开心的同时，也能让身边的大家伙儿开心，这就是我工作的价值。”这部书提出了一个了不起的观念：大学生当“村官”应该“职业化”，而不是“运动化”。就如同企业界有“职业经理人”一样，有契约、有标准、有职责，双向选择，这样的“村官”更便于融入农村。所以闫行刚进村的时候是“小闫”或“小行”，渐渐变为“真行”或“大行”，后来成为“老行”！

成熟的文学原不受题材的局限，《车间主任》《新生代》等作品，描写了现代企业生产经营、管理与发展的各种情状，看似是所谓的“工业题材”，实际是表现现代人的“职业性”，或者说现代职业生涯中的人性。在计划经济的年代，工厂车间的主要职能是生产、出产品，人际关系简单，谁的技术好，谁就会受到上级和工友的尊重。“公私合营”后企业的性质只有一种“国营”，理论上工人是国家的主人。仅这十部书中涉及的企业，就有国有、独资、合资、股份制、全民所有制……人际关系变得极其复杂和微妙，本该以生产为主的车间，人际关系成了“第一生产力”……

过去写工厂生活有个很大的困难，不写生产过程，故事无法展开，人物塑造和矛盾的铺陈都离不开“生产”这个元素，但一写生产过程，作品就显得枯燥乏味，被贬为“车间文学”。而《车间主任》等作品完全没有受这些因素困扰，其表现的是工业生产环境下的职业人生，有其特殊性，也有共性。“工业题材”是个约定俗成的概念，工业剧烈地改变了社会，改变了生活，小说是冲着被工业化改变了的社会生活以及“工业人生”去的，工业生产只是工业人性的背景。工业社会里没有容易的人，也没有容易的人生，小说有察世之智，朴诚沉挚。这是《车间主任》《新生代》乃至《肺活贴》等作品对“工业题材”的开拓和新贡献。

《暖春》题材新颖，在此之前，我还没有读到过像模像样的反映“社工”生活的小说。小说中的居委会，已经完全不是从前由一个“老大姐”，俗称“街道大妈”主持工作的居民委员会了。网络社会，网中人在微信上亲，见了面淡，住在同一栋楼，可能很久都见不上一面。而小说《暖春》，却气度温婉，文字有清趣。

《大湖长歌》显然是取材于东丽湖的开发，因为东丽区的赤土村很有名，小说保留了这个村名。东丽区曾经是天津的一块文学高地，20世纪九十年代崛起的几位专写长篇小说的东丽作家，均已年过花甲。在天津市总工会推荐的十位作家中，看到李旸的名字，令人高兴。

以前东郊区有大片的田地覆盖着黑乎乎的污水，人们钓鱼不敢去东郊。先有东丽湖的开发，后有空港的建成，不仅是一个区改天换地，天津东部半个城市的面貌都大为改观。李旸倘是把格局打开，不局限于一个区、一个湖、一座神龟亭，驰骋想象，把东部天上地下、湖里岸边、神龟金条等串在一起，纵放宕出、浑然成章，或许小说有另一番气象。作家就应对现实深切关注，同时保持易于思考和发挥想象的适度距离。

我居住的小区靠近西外环，十多年前每有西风，便会闻到一种烧胶皮的臭味。无风时也有这种臭味，天空的西边还汹涌着浓密的黑烟……岂料那竟是小说《青铜雕像》的生活原型。社会开放，被贫穷挤压太久的农民，一有了发财致富的自由，便无师自通地寻找各种“赚钱的门路”，然后不顾一切地走下去。其中一条门路是到城里收购废铜烂铝，回家稍作处理，加价卖出。

其中的代表人物李清泉，最初乘长途公交车，奔波一天再乘车回家时，要经过一个检查站。像战争年代穿过封锁线一样，他把装着金属破烂的编织袋东藏西掖，还经常被没收。后来他骑“铁驴”自行车，驮着一二百斤甚至更重的破铜烂铁绕过检查站……书中有个细节具有经典元素，收破烂走街串巷，是十分劳累和辛苦的。一天中午，主人公李清泉实在又累又饿，坐靠在一个变压器小屋的墙根下，从怀里掏出干饽饽和一块咸菜，吃着吃着竟睡着了。迷迷糊糊感到有个热乎乎的东西在嘴边蠕动，用手一拨拉，摸到一团毛烘烘的东西，睁眼一看，是一条流浪狗，正用舌头舔他嘴边的饽饽渣……

他很生气，自己不仅被人欺负，连狗也欺负他，当即把流浪狗赶跑。随后他却想到，这条狗也是饿坏了，才来舔他的嘴，其实自己比流浪狗也强不了多少，早知道就剩点饽饽给它。我想给作者再补充几句：以后这条狗就跟着李清泉到处走街串巷收破烂，成了他的好伙伴，这让他觉得轻松愉快了很多。后来他越做越大，渐渐发展到一个集装箱一个集装箱地大规模处理废旧电缆、电线和各种金属垃圾，最终创建了没有污染的“再生资源公司”。直到他去世后，那条狗还整天守护着他的“青铜雕像”。小说可以有闲笔，增加情趣和意蕴。

《青铜雕像》格调沉郁，文思饱满有力，读罢难抑苍凉之慨。李清泉这个人物不同于以前文学作品中的诸多农民企业家形象，有着完全不同的心性和智慧。从买卖废铜起家，最后为他立了一尊“青铜雕像”。

天津市总工会邀我为这套“十人书”作序。读罢书稿，神思感奋，似能与作者心源相接。于是不避妄言多失，写下读后心得。聊以应命。

作者系中国作家协会原副主席、
天津市作家协会原主席
2024年4月

目　录

楔　子

2022年的冬天出其不意的寒冷，大街小巷都失去了往昔的烟火气，整个经天市陷入一片寂静，寂静得仿佛能够听到雪落下的声音。

持续的阴霾笼罩在城市的上空，也笼罩在每个经天人的心里。原本居于闹市的人们却无奈地困于陋室，连屋子里的暖气也焐不热临近冰点的心情。

这漫长的冬季啊，何时才能过去？这寂寥的街巷啊，何时再度喧嚣？这困顿的人们啊，何时才能振作？

这三个疑问如同高悬在经天市顶空的“达摩克利斯剑”，也是每一个经天人的“灵魂三问”。

然而，世间万物总有否极泰来的时刻，正如雪莱所说：“冬天已经来了，春天还会远吗？”

我们老祖宗的农谚也说得好：“两春夹一冬，无被暖烘烘。”

2023年有闰二月，恰逢“两春夹一冬”的好时节。

因此，这崭新的一年，必将迎来崭新的暖春，也必将迎来崭新的生机和希望……

第一章

烟花不易冷

这是郁风在经天市度过的第一个春节，也是他第一次在距家乡千里之外的城市过年。

晚风凛冽，居委会社工郁风在社区里仔细巡视着各处，越走身体越暖，思乡的心情也被暖意冲淡了一些。从下午到傍晚，他收到了无数条拜年微信，也给无数人发了微信拜年。直到春节联欢晚会开始了，他的手机才总算消停了。

虽然手机安静了，但是此刻他的心跳却突如擂鼓，因为他一抬头就望见了二楼一户人家阳台上挂着的一对大红灯笼。

透过窗户，郁风看到那家的三口人围坐在餐桌边吃着年夜饭。郁风的目光停留在妈妈身上，紫红色毛衣将她的面容衬托得更加秀丽，虽然鼻翼两旁的法令纹随着岁月加深了不少，但妈妈依然如他记忆中那样，一手扶碗，一手拿着筷子，小口小口地吃着饭。

突然响起的微信提示音吓了郁风一跳，他收回目光，定了定心神，装作若无其事地继续巡视着，心却还停留在对妈妈的眷恋里。尤其在今天这个特殊的日子里，他多么想敲开妈妈新家的门，给她一个大大的拥抱，告诉她，他想她了。

郁风这么想着的时候，微信提示音又一次响起，但他内心里涌动着的暖流让他无暇顾及。成为居委会社工的四个月以来，郁风经历了无数场风波、受了很多委屈，但是每次一想到她——他最眷恋的妈妈，他心里的冰就会消融。

但当微信提示音第三次打断了郁风思绪的时候，他担心居委会工作群里有什么情况，于是拿起手机细看，却并非紧急的工作信息，也不是接踵而至的祝福短信，而是来自两个人。

这两个人是四个月来持续与郁风纠缠不休的人，是让郁风一想起来就头皮发麻，唯恐避之不及的人，是郁风迄今为止的社工生涯中最让他意难平的人。

然而在这个辞旧迎新的夜晚，这两个人带来的却是令人出乎意料的消息。一瞬间，郁风感到从身到心更暖了。他拿起手机想将那两个人发的信息转发给另一个人，但想了想，还是决定打电话过去。

郁风正要拨号，手机铃声伴随着震动突然响了，郁风一惊，手机差点儿没拿稳。再定睛一看，来电号码正属于郁风想要打给的那个人。

“除夕快乐，白溪！”郁风强忍住想问对方是否收到那两个人发来的微信的冲动，率先送出了祝福。

“李家姐弟给你发微信了吗？”没想到这次轮到一向理智的白溪忍不住了。

“发了，一共三条。”郁风坦陈道。

“这件困扰咱们四个月的事总算画上了圆满的句号，真是太不容易了。”

“是啊，还好我们一直咬牙坚持，都没有放弃。”

“你……也曾想过放弃吗？”

“不瞒你说，我每天都无数次想放弃，但是一想到……一想到我来经天的初衷，我就咬着牙挺过来了。”

“是啊，我也是一次次告诫自己，一点点克服过来的，还好我们都没放弃。”

“2022年最后的几个月多难熬啊，尽管如此，咱们身边的这么多人都在竭尽全力地坚持着，而咱们还这么年轻，有大好的青春，更不应该因为这点儿小小的挫折就轻易言败了。”

挂断电话，郁风仰望夜空，远方的天空传来隐隐约约的鞭炮声，这久违的热闹劲儿，给除夕增添了不少年味儿。能在异乡听到鞭炮声让郁风感慨良多。还记得小时候，妈妈过年经常陪他一起放鞭炮，那是他童年最快乐的时光。

远处鞭炮的声音刚刚偃旗息鼓，烟花的声音又响了起来。好几个烟花先后绽放，一时间，远处的天空被渲染得五彩缤纷，好一幅声势浩大的景象。

这情景多么像郁风和白溪四个月来面对的那些人、那些事，真是“你方唱罢我登场”，令人猝不及防又目不暇接。但也正是这些人和这些事，填补了生活和工作的空白，让他俩的身心每天都像陀螺一样转个不停，也让年轻的他们感受着、思考着、努力着。

居民纷纷从家中走出来，像郁风一样仰望着夜空里绚烂的烟花。有的人戴着口罩，从上到下把自己包裹得很严实；有的人没戴口罩，甚至连帽子和手套也没有戴，而且还在大口地、用力地呼吸着空气。

“小哥哥，咱们这儿可以放鞭炮、放烟花吗?”一个中学生模样的女孩问。

郁风解释道:“不可以哦，按照规定，今年咱们市内六区和环城四区都不能放的。”

女孩失望地点点头，又看了一会儿，就随着家人回去了。郁风望着女孩的背影，心想:“不要叹气，不要遗憾，这一切已经是一个美好的开端了，一切不好的终会过去，烟花不易冷，暖意在人间。”

郁风继续在小区里巡视着，熟悉或陌生的人们纷纷跟他打招呼、说着吉祥话，郁风也笑着问候、祝福着他们，同时不忘提醒大家春节期间吃好喝好。一些居民往郁风口袋里塞巧克力和坚果，还有的让他过年时来家里串门。郁风感受着居民们的友善和热情，心里犹如燃起了一个暖炉。

临近十一点的时候，郁风收到了白溪发来的祝福:“马上就是新的一年了，愿我们都能在工作上‘兔’飞猛进，收到像今晚这样的‘兔’然惊喜，在未来大展宏‘兔’。”

郁风想了想，回复了一个头戴“奋斗”红布条的兔子的微信动图。今晚身边的人和事确实带给他很多惊喜和感动，也让他对未来满怀着憧憬。

突然，他想起了什么，拿起手机给李家姐弟送出了除夕祝福。

要说起郁风和这对姐弟的渊源，还得从郁风入职报到的那一天谈起……

第二章

火场初相遇

经天市2022年的秋天很肃杀，落叶被匆匆行走的人踩在脚下，瑟瑟发抖，随即支离破碎。

郁风拖着行李箱走在街上，他随着手机导航向前走着，同时在想着心事：总算是离妈妈越来越近了，她会像他一直以来想象的那样吗？

突然，正在愣怔的郁风闻到一股浓烟的味道，他循着味道发出的方向望去，大呼“不好”，不远处一个小区楼门里冒出浓烟。

郁风飞快地拉着行李箱跑进那个楼门，将行李箱靠楼道墙放好，三步并作两步上了三级楼梯，见迎面一楼的一户人家的门缝正往外冒烟。

郁风使劲按门铃并大声喊道：“着火了，有人在家吗？快开门！”喊了三声没人应答，郁风又猛按旁边住户的门铃，也无人应答。

“算了，不管了。”郁风迅速脱下外套，围住口鼻并将两只袖子系在脑后，先是退后几步，然后向前猛冲，同时飞起右脚用力踹向破旧的门。

踹了三次之后，门开了。郁风冲向屋内，直奔客厅，见沙发前面茶几上有个手机已经炸裂，引燃了茶几下面的一摞报纸，随之又引燃了近旁的一堆杂物，火势正在蔓延着。

再看左边卧室里，一个老妪紧闭双眼躺在床上。郁风推了推她：“奶奶，着火了，快醒醒！”喊了几声，老妪纹丝不动。郁风用手指探了探她的鼻息，正打算一把背起她。

这时，他听到有人进门的声音，一个女孩一边喊着“奶奶”，一边奔进卧室。郁风顾不得多问，背起奶奶，女孩则跟在他身后。

两人刚出楼门，消防队员和120急救医生就一前一后迎了上来。医生帮郁风将奶奶卸下，放在担架上。然后问两人：“你们是老人的家属吗？”

“我不是，他（她）是！”两人异口同声地答道，然后同时看着对方愣住了，随即同时摇头摆手，都表示自己不是老人的家属。医生看着两人，没想到会这样，但还是问他俩能否联系到家属。

郁风和女孩迅速交换了眼神，他心领神会，当机立断对医生说：“我们都不认识老人家属，您先送医院吧，需要交费的话我来！”

这时，消防队员救完了火，找家属签字。两人又解释了一遍。消防队员见状，让他们留下姓名、电话、身份证号码等。两人写完后，郁风看了一眼老人，又看了看女孩，用眼神征询她的意见。女孩点了点头，两人便一起上了救护车，就在车门即将关闭时，郁风突然叫了一声：“行李！”然后下车折身往回跑。

郁风拿着行李箱上了救护车，和女孩坐在一起。两人相互做了自我介绍，郁风这才知道女孩名叫白溪。他心想这女孩的家长还挺文艺的，姓白已经不常见，还偏偏给她起了个如此灵动、好记的名字。

也就在这时，郁风才得以打量起女孩。她一头如瀑布般的黑色长直发，眉目清朗，小巧的鼻子和一张樱桃小口，整个人看起来清新自然，像个涉世未深的女大学生。

郁风这么想着，不自觉咧嘴笑了一下，自己也才刚大学毕业，顶多比她大两三岁，装什么职场老油条呢。只不过白溪是本地人，而他是南和市人罢了。

救护车很快到了医院，两人随医护人员下车。医院里像他两个多小时前刚走出来的经天火车站那般熙熙攘攘、人满为患。

郁风忙前忙后为老人跑着各种手续，满头大汗。待与白溪会合后，才想起不知该如何联系家属。他有些着急地对她说了，白溪却微微一笑说：“我联系好了，家属正在赶往医院途中。”“你不是不认识老人吗？”郁风很是困惑。白溪答道：“我查了居委会电话，打过去后，社工说马上联系家属。后来又回电话告诉我，让咱们稍等，等家属来了再走。”

郁风想，幸好白溪是本地人，要是自己一个人，后面的事还真不知道该怎么办了。

老人的女儿是个烫着满头卷发的胖胖的中年女人，她高声大嗓地冲他们说话，一副不依不饶的样子，说老娘明明在家好好的，自己每天下午五点都会准时去给老娘送饭，怎么如今莫名其妙进了医院，让他们给个说法。

郁风没想到事情会这样，正不知该如何辩解，白溪不慌不忙地拿出手机，给气势汹汹的妇女看了什么，女人马上换了一副表情，不仅对他们客气起来，而且还打电话叫来了一个大汉，她自己则转身去了住院部。

大汉豪爽地给了他们一沓百元钞票。郁风没有先接过钱，而是将手里所有的票据递给大汉。大汉看也不看，仍将钱塞给他。他只好接过，然后数出几张，将剩余的钱还给大汉。

大汉正要说什么，郁风却摆了摆手说：“我们应该做的，没什么事，我们就先走了。”然后冲白溪使了个眼色，一起走了出去。

迈开大步走了好久，郁风长长地吁出一口气。这时才想起回头看，只见白溪拖着他的大行李箱，勉强跟在疾步如飞的他身后。

郁风满是歉意地停下来，对她说不好意思，然后迎向她，接过行李箱，问她接下来去哪里。白溪这才像想起什么似的说：“糟了，我得赶紧走了。”然后朝他点了下头，上了一辆停在路边的出租车。

郁风看着她慌张的样子，觉得又奇怪又好笑，刚才面对那个五大三粗的妇女，她都非常镇定，转眼间却像丢了魂儿似的。但是当他低头看了一眼手表，他也显出惊慌的神色，赶紧伸手拦下一辆出租车。

司机以前面是单行道不好走为由，让郁风下车。郁风看看手机地图，见没有多远，便从出租车上下来了。

刚走了几步，郁风猛然发现，前面那人的背影有些眼熟。粉色的运动套装、漆黑笔直的长发……

在出租车上时，郁风还觉得有些遗憾，匆忙之间，没有和白溪互留联系方式。两人虽然是萍水相逢，但也算有缘，而且年龄相仿，哪怕加个微信也好。没想到这么快，他又见到她了，还真是神奇呢！

固然如此巧合，但郁风想了想，还是没有上前，而是在女孩后面走着，两人相距100米。走着走着，郁风觉得不对劲儿了，因为前面只有一个目的地……

第三章

迟到的后果

路的尽头只有一栋五层小楼——经天市西河区昆仑路街道办事处。白溪也要去那里吗？不会真的这么巧吧！

郁风正自思忖，白溪在街道办的铁门外停下脚步，按了铁门外面密码锁上方的门铃。这时，郁风也来到她身旁。白溪听到声音，扭头见是郁风，也很惊讶。

一个穿着保安制服的中年人来到门前，问他们找谁。白溪淡定地说："我是来报到的。"保安又看了看郁风，郁风说他也是。白溪又转头看了他一眼。

保安一边开门一边说："你们来晚了，那些新来的社工刚培训完，都跟着各自的书记去社区了。"

郁风心想："糟了，第一天报到就迟到，这可怎么办才好！"只听白溪从容地问道："那我们该怎么知道自己被分到哪个社区呢？"保安想了想说："你俩去107室社建办问问孙科长吧。"一边说一边给他们开了门。

白溪在前面走，郁风紧随其后。两人一起来到107室，白溪敲了敲门，却无人回应。郁风又敲了几下，还是无人回应。两人只好回到保安室，保安挠了挠头发说：“你俩等一下，我打个电话问问。”

保安放下电话，让他们再等一下。郁风有些担心和着急，但转头看到白溪一脸淡定的神情，心下惭愧，心想自己怎么还不如一个女孩子呢！

过了一会儿，一阵脚步声传来。保安室的门被推开了，一个梳着马尾辫，戴着眼镜，表情异常严肃的年轻女孩进来了。保安向他俩介绍说，来人正是孙科长。白溪没想到孙科长如此年轻，看着跟他俩差不多大，正欲问好，孙科长目光凌厉地扫了一眼他俩说：“郁风，白溪，第一天报到就迟到。说说吧，你俩怎么回事？”

“我们去救……”郁风刚说出几个字，却听白溪以盖过他的声音大声说：“我午休睡过头了，对不起，孙科长。”“年纪轻轻挺爱睡觉嘛！我看你该认真想一想，你是要每天中午睡懒觉，还是要来这儿工作了。”

“你呢？也睡过头了吗？”孙科长突然转头瞪向郁风。郁风一怔，赶忙结结巴巴地说：“我……我在经天站迷路了。”“虽然初来乍到，但你一个男生，方向感那么差吗？不认识不会问路吗？你这么笨，这份工作胜任得了吗？”

见两人都不说话，孙科长依然没有放过他们，严厉地说：

“你们俩都被分到励志里社区居委会了，赶紧去找方书记报到。居委会地址自行查找，如果没睡醒、没有方向感找不到，你们自己看着办吧。”两人不约而同地点头应允，正要一起离开，孙科长补充道：“你们回去写不少于2000字的检讨书，明天上午九点半交给我。”

保安望着两人离去的身影，目光里满是同情。“看什么看，快去把门关好！”孙科长冲着保安喊道，保安讪讪地跑去关门了。

虽然两人被分到一个居委会让郁风暗暗惊喜，但令郁风和白溪无论如何也不会想到的是，这次迟到不仅让他俩自食苦果，还让一个无辜的人跟着遭了殃。

“我就去后院开了个会的工夫，人怎么就给丢了？总共就俩人，你一个都没带回来，你还嫌咱居委会人手不够少是吧？”方菲吼叫着，雷斌低头嗫嚅着，半天才说：“不是，书记，我……那俩新社工根本就没……他们……你……”

“什么我我我，他他他，你你你的，你一个大男人天天只会磨磨叽叽的，连一整句话都说不利索，我要你当我的副书记，就是个摆设吗？”

一群社工在隔壁大办公室里，听小办公室的两位领导上演着每日必上演至少一次的戏码，有的人在心里暗自发笑，有的人却神情鄙夷，有的人一副事不关己的样子，每个人都有自己的“小算盘”。还有的人想，那两个新分来的倒霉鬼去哪里了呢？不会刚一来就听到“社工难当，励志里社工尤其难当”的风声，落荒而逃了吧！

“大家好，我们是新来的社工，请问哪位是方书记？”也许是为了挽回刚才在孙科长面前怯懦而丢掉的面子，郁风抢在白溪前面开口道。

屋内众人打量了两个新人几眼，有一个岁数大的社工用手指了指旁边的屋子。两人礼貌地退了出去，郁风遂敲响了隔壁办公室的门。

“进！”方菲没好气地说。雷斌起身往门边走，表面上看是去开门，实则是想借机开溜。可没想到的是，被两个年轻人结结实实地堵住了去路。“你们是……”还没等雷斌说完，方菲柳眉倒竖，抢白道：“郁风，白溪，是吧？”

郁风没想到被素未谋面的人准确无误地喊出他俩的名字，看这人气场，立刻猜到此人必是书记无疑，马上自觉理亏地低下头说：“方书记好，对不起，我们迟到了。”

方菲刚才没跟雷斌发完的火气，这下又被重新勾起来了，她气势汹汹地发难道：“你不提迟到这事还好，既然你提了，我倒要问问，是谁给了你们这么大的胆子，第一天报到就敢迟到。你知不知道西河区是什么地方？你知不知道昆仑路街是什么地方？你知不知道励志里社区居委会是什么地方？”

郁风刚被孙科长数落过，已经有了再次迎接方书记的“暴风骤雨”的思想准备，但没想到的是，方书记不仅气势汹汹，而且还连珠炮似的问了他三个问题。

眼见郁风哑口无言，一个声音在旁边悠悠地答道：“西河区是经天市的核心区，昆仑路街的直线距离离区政府最近，励志里社区居委会是昆仑路街八个居委会里最好的。”郁风转头惊讶地望着从进屋就没说话，但此刻看上去却充满斗志的白溪。

本想给两个迟到的新人“下马威”的方菲也被白溪泰然自若的神情给弄得恍惚了一下，但21年的社区工作经验让方菲更加提高了嗓门儿，将炮火对准了白溪：“你既然这么门儿清，竟然还敢迟到，我看你是吃了熊心豹子胆了！”

见白溪并没有初来乍到之人紧张发怵的样子，方菲按捺住心中的疑惑，转头对郁风说：“你，回去写检讨书，2500字，明天晨会当着大家念。另一个，你不是振振有词、强词夺理吗？5000字，第一个念。”方菲没有看白溪，甚至连她的名字都以“另一个”代替。

第四章

她变了个人

“孙科长耐心问了我们迟到的原因，为了严肃纪律，才让我们写2000字检讨书，怎么到了您这儿，不但没问原因，而且一张口就让写5000字。况且是您有问在先，我有答在后，并没有捏造和夸大事实，怎么我据实回答，反倒落个不是了，而且连字数都翻倍了？您让大家评评理，难道您比街里的孙科长都位高权重吗？”白溪不但据理力争，而且说完作势就要开门喊隔壁办公室的人来。

雷斌没想到这个外表斯文的小丫头，还蛮有血性的，第一天来就反客为主，一副大义凛然要跟方菲“死磕”到底的模样，连忙和稀泥道：“你这个新人有点儿意思啊，迟到了还有理了？你怎么跟方书记说话呢？”没等白溪回答，他又转向方菲说：“方书记，您就大人有大量，原谅两个新来的年轻人吧！咱们从今天开始，关起门来是自家人，搞得这么剑拔弩张又是何必呢？

依我看，检讨书贵在真诚，不在字数，一碗水端平，你们俩各写2500字，就这么决定了！”

再怎么说，方菲也是西河区人大代表、经天市“三八红旗手”，西河区民政局相关科室的干部都对她礼让三分，她怎么可能被一个乳臭未干的黄毛丫头给唬住呢！明知隔壁大办公室的手下们会幸灾乐祸，她的面子上更是挂不住了，正欲使出“必杀技”，让白溪心服口服，没想到雷斌却飞快地拉开门，将两个年轻人推了出去，并在关上门之前，自己也退了出去，同时还提高声音说：“虽然还有一刻多钟就下班了，但这点儿时间也不容浪费，来，我带你们认识一下咱居委会的同志们。”

眼见雷斌出去了，方菲冲着关上的门重重地“呸”了一声：“老东西，就会跟我这儿装傻充愣，跟新人可会维系关系了，我看这个副书记早晚得给你撸下来，还得给你调一个十八不靠的居委会去，看你还怎么当和事佬！”

走在最后的郁风听到了方菲威胁的话，不禁同情起替他们说话的雷斌的处境来，而且对这个因为他俩的原因而被书记骂的大叔充满了愧疚之情。雷斌向他俩介绍了大办公室的八个同事，郁风和白溪对众人一一微笑、点头、打招呼，并在雷斌的带领下来到靠门的两个工位相对而坐后，郁风充满期待地望着他。雷斌愣了一下，笑着补充道：“哦，对了，还有我，雷斌。”雷斌话音未落，一个岁数较大的社工挤眉弄眼地接着说道：“这是咱居委会的二把手，雷副书记。”

“雷副书记……”郁风原以为两鬓有些斑白的雷斌只是这个

社区的老资格社工，没想到他竟然是居委会副职，他更加肃然起敬地站起身，朝雷斌深深地鞠起了躬。“我们刚才……给您添麻烦了，谢谢您！”见新来的男社工对自己毕恭毕敬的样子，雷斌很是受用，他赶紧摆摆手说：“小事一桩，小事一桩。你们年轻人初来乍到，要少说多做，尽快融入我们这个名声在外的光荣集体，知道吗？”郁风连声回答：“一定，一定，还请雷副书记和前辈们多指正！”

“小事一桩，小事一桩。你们熟悉一下咱们的办公环境，看看办公桌上的电脑合不合用，然后收拾一下，准备下班吧。”雷斌笑着对二人说。

雷斌深知方菲的脾气，心想就快下班了，还是别回小办公室“触霉头”了，便找了个借口，跟民政主任陈茜倩交代了一些工作上的事。

时针指向了5：30，社工们纷纷关闭电脑并起身离开，郁风和白溪见雷斌仍在和民政主任说话，出于礼貌没有走。雷斌转过身看了看他们，笑着说：“今天是周一，路况不好，赶快回去吧，明天早上八点半开晨会，千万要准时啊！”

郁风高声答应着请雷斌放心，便和白溪一起走了出去。雷斌盯着白溪的身影，思忖着：“这个小丫头怎么自从顶撞完方菲，就玩起了深沉，一语不发了呢？看她和方菲你一言我一语、毫不怯阵的样子，恐怕是大有来头呢！她的身后究竟会是谁呢？”

待走出居委会大门500米，郁风紧绷的神经总算放松了，他有心说白溪几句，怎么能第一天来就公然顶撞方书记呢？况且还是他们迟到在先。可是看着白溪越走越快的脚步，明显是想跟自己拉开距离，他又不好追上去说什么。在前面的路口，眼见白溪往和自己相反的方向走，郁风冲着她的背影喊："晚上回去别忘了写检讨书！"

白溪不仅没回答，而且连头也没回，不知道她在想事情，还是压根儿没听见。望着她渐渐融入汹涌人潮的背影，郁风无奈地摇了摇头。

第二天，郁风8：05第一个到了，他在居委会门前拿着已经捏出汗来的检讨书，一边不停踱步，一边小声念着，直等到8：20有人来开门，才匆忙收好。

8：25，白溪进来后，郁风还没来得及跟她打招呼，她就拿着杯子去接水了。郁风悻悻地看着她虽然单薄但非常倔强的背影，感到很陌生——这还是那个不顾个人安危，与自己合力救出陌生老奶奶的热心女孩吗？为什么自从走进街办事处大门的那一刻起，她就好像变了个人呢？

还没等郁风想明白，晨会就开始了。郁风其实是很担心白溪在前面把自己想检讨的那些言辞恳切的话都说完了的，眼见白溪说了很多，但又避重就轻，车轱辘话来回说了半天，他才感到如释重负，但同时又暗暗地为白溪捏了一把汗。好在方书记一直是一副心不在焉的样子，好像根本没有仔细听，竟然被白溪蒙混过关了。

从小到大都是优等生，从没有当众做过检讨的郁风有些紧张，他捏着检讨书的手都有些颤抖，脸上也感到火烧火燎的，但还是顺利地把内容深刻的检讨书念完了。

九点多，两人来到社建办，郁风本来是非常忐忑的，但好在孙科长没在，他们跟两个年轻科员打了个招呼，放下检讨书就出来了。

其实一路上郁风有很多问题想问白溪，但他看着白溪一副拒人于千里之外的神情，只好把想说的话咽了下去。

第五章

和事佬探底

全程无交流的两人刚回到居委会，雷斌就从小办公室出来问，谁愿意和他一起去配钥匙。雷斌虽然问的是他俩，但眼睛只看着郁风。郁风就是再木讷，也不想白白错过和雷斌单独相处的机会。

雷斌刻意放慢了脚步，和郁风一边走一边聊。别看雷斌在人前人后对方菲毕恭毕敬，但从18岁上班、先前待过七家市内或郊区的民营企业，今年56岁的他显然也不是吃素的。他只用了看似不经意的两句话，就让郁风打开了话匣子，把他从双一流大学毕业、考研三次败北后，看到经天市面向全国招聘社区工作者，且承诺给集体户口后，就毫不犹豫地背井离乡，只身前来考试、面试，并最终考中的整个经过和盘托出。当然，他隐瞒了来经天市是想离妈妈更近一些的事。

面对雷斌“你们俩为什么一起迟到”的疑问，郁风连想也没想，就按那天他俩和孙科长对答时所说的那般说了。这还真不是他留了个心眼儿，而是怕万一他告诉雷斌的真实原因和那天告诉孙科长的对不上，他俩就不只是欺骗孙科长了，还会让帮他们说话的雷副书记感到失望。

听了郁风的解释，雷斌心想：虽然老话说“无巧不成书”，但这素昧平生的一男一女，报到第一天就不约而同地迟到，而且一起被抓了个“现行”，还被安排到同一个居委会的概率，也太小了吧。但看着郁风一脸真诚的表情，他也找不出郁风话里的漏洞。而且他今天早上趁着他们去街里的工夫，仔细看了俩人的简历，从出生地、籍贯、年龄、求学经历、家庭成员及实习单位等多个方面，都不可能存在之前就认识的可能性。郁风的说法虽然存疑，但是他姑且信之，因为在这个问题上撒谎，显然对俩人没有半点儿好处，而且也毫无意义。

“你比我儿子小三岁，我就不客气了，以后就叫你小郁了啊！”面对不见外的雷斌，郁风求之不得，独自在经天市这个以前只在地图上看到过的大城市闯荡，他当然知道广结善缘的重要性，更何况这个愿意帮助和接纳自己的人，还是自己的直属领导。

“您高抬我了，您千万别跟我客气，就拿我当孩子看待就成。我是家中独子，从小被父母宠着，没见过世面，不太懂规矩，以后还望您多提点啊！”郁风固然是个实在人，但也知道面对领导时保持谦卑与低调的重要性。他虽然从居委会众人对雷斌的态度看出，雷斌在居委会的地位不是太高，但他也深知最好的区最好的街道的最好的居委会的二把手，绝对不是那么好当的。郁风虽然年轻，但毕竟也是男人，他知道无论南方人还是北方人，无论年龄多大多小，只要是男人就爱面子、就爱听好听的话。所以，他岂能放过这个拍马屁的好机会？

“小事一桩，小事一桩。我看你长那个白溪几岁，虽然她是本地人，比你多一点儿地缘优势，但你们是同期入职的，站在同一条起跑线上。不过我看你可远远比她稳当、踏实得多。咱们居委会‘麻雀虽小，五脏俱全’，社工虽然不多，但管的事儿可不少。你是男子汉，要多担待一些。你们再熟悉熟悉，过两天我和方书记研究一下，给你们分网格。我很看好你啊，你可一定得支棱起来，不能被女娃子给比下去啊。”

听着雷斌语重心长的话语，郁风感激涕零，并当即表态：“雷书记请放心，我作为中共党员，一定不辞辛苦、攻坚克难，尽全力完成党组织交给我的任务！”

“行，官面上的话咱们就不多说了。一看你小郁就是个实诚人。另外，还有个事儿我得嘱咐你，甭管你将来是想在经天市扎根，还是另有打算，我以过来人的身份奉劝你一句，居委会对男同志来讲，不是安身立命之地，这就是个积累基层工作经验的‘跳板’，你可以边干边看看书、找找路子，争取考个事业编、公务员什么的，或者考个军队文职。男子汉嘛，不能太安于现状了，还是要多为自己谋发展，可别像我，干了那么多年，还在人家女同志手底下唯命是听，都快退休了也没啥发展。”

“雷书记过谦了，您可千万别这么说。别的居委会我不了解，我看咱们居委会就属您人缘最好，就连我这个新晋社工和您说话都没有代沟，而且一看您就特别能为年轻人遮风挡雨，凡事都为我们考虑，这点我感恩在心。我家在当地就是普通老百姓，我能从家乡考出来已经不容易了，虽说人往高处走，但我考试能力没那么强，也考虑不了那么长远，‘既来之，则安之’，我先踏踏实实在您手底下干好工作吧，以后还得仰仗您了！”

“小事一桩，小事一桩。”雷斌摆摆手，指了指市场里的一个没有人的摊位，让郁风稍等，然后拨了一个电话，叫配钥匙的赵师傅过来。雷斌在摊位前又说了些关于白溪有点儿我行我素的闲话，但郁风没什么反应。这时，赵师傅气喘吁吁地赶到了，一边接过雷斌递过来的钥匙，一边说：“我刚把买的菜放回家，你从居委会出来就给我打电话多好，还让你们等我这么半天。”

“不妨事，不妨事。正好我跟这新来的小伙子挺投缘，我们爷俩边等你边多说几句。”赵师傅一边配钥匙一边抬眼打量了郁风一眼，对他说：“老雷可是老江湖了，你这个乳臭未干的大学生，可得多跟他学着点儿！”

郁风闻言连连点头，夸赞道：“那是必然的，雷副书记就是个古道热肠的大侠，刚打过照面儿就替我们新人打抱不平呢！”赵师傅瞥了雷斌一眼，“嘿嘿”地笑了起来。

钥匙配好后，雷斌将两套都交给了郁风，告诉他哪把钥匙开哪把锁，还让他回去后试试好不好用，这样明天早上无论几点来，都不用在门口等别人来开门了。郁风感到心里一暖，心想别看雷斌外表其貌不扬，但心思还挺细腻的，真是一位不可多得的“暖叔”。

回去的路上，雷斌明显加快了脚步，郁风也快步跟上。他们前脚刚踏进居委会大门，就看到白溪一边接电话，一边走出来。郁风喊她，想给她钥匙，她却光顾着接电话了，错身而过的瞬间，郁风只听她说：“孙科长只叫我一个人过去吗？”

第六章

记者来采访

郁风看到白溪挂断电话，赶忙追上她，给了她居委会钥匙，还问她要去哪儿。“科里干部打电话，说孙科长让我单独过去。”白溪刻意加重了“单独”两个字的语气，郁风却有种不祥的预感，难不成是孙科长看出白溪检讨书写得太虚？

郁风又跟着走了几步，本想提醒白溪和孙科长说话时注意态度和措辞，但昨天白溪和方菲你一言我一语时的情景还犹在眼前，如果白溪就是这样不服输的性格，那么她会听自己的劝吗？

郁风这么想着，却听到白溪说：“你赶紧回去吧，跟着我干什么？”“要不这样，我在街办事处门口等你。”“孙科长又没叫你，况且也不知道她找我有什么事，你等我有用吗？”白溪的话让郁风无从反驳，他佯装停下脚步，待白溪走远后，还是不放心地悄悄跟了上去。

正如郁风所想的那样，白溪刚踏进107室社建办的门，孙科长见她来了，右手用力一拍桌子："好你个白溪，第一天报到就迟到不说，写的检讨书还云里雾里，你是以为我压根儿不会看，还是觉得我智商不够看不懂？说，你到底是什么意思！"

"孙科长好，那天您批评得对，我迟到确实错了，但我就是像检讨书里写的那样，连考两年社工才好不容易考中，有点儿过于激动了，头天晚上翻来覆去没睡好，中午又补了个觉，没听见手机闹铃，才不小心睡过头了。我保证以后不会再犯，请您原谅。但以我这浅薄的文字水平，要写那么多字，我实在是有心无力，才只好翻来覆去说那几句。"

"我看你跟我说起话来有条有理、一套一套的，怎么写起检讨书反倒黔驴技穷了？你看看人家郁风，同样是迟到，怎么就能对错误认识得这么深刻呢？"孙科长虽然气势依然不减，但声音比刚才略微小了一些。

"对不起，孙科长，我……"白溪面露真诚，正欲说下去，突然被门外的一阵喧哗声打断了。"我要找白溪、郁风，我要当面跟他们说！"

孙科长听罢瞪了白溪一眼，推开门出去了。白溪心想："难道爸爸的事、我的身份这么快就被别人知道了？可那人分明喊的是她和郁风两个人的名字，又关郁风什么事呢？"尽管有些摸不着头脑，但该来的总会来，白溪还是决定直接面对。

门外的男子大大的脑袋、圆滚滚的身子，头发还有点儿自来卷，左手拎了个盒子。白溪看他有点儿眼熟，但又想不起来在哪儿见过。只见孙科长和门卫室的保安站在男子对面，郁风站在男子旁边。白溪朝郁风看去，但郁风的注意力显然全在孙科长身上，根本没发现白溪看他。

只听男子开口道："您就是管事的孙科长吧，我是励志里社区1门1601室的居民，我叫李建涛，我今天来，是要找郁风和白溪的，这不，正好我在街门口遇到这个小伙子，向他打听认不认识这俩人，才知道他就是郁风。"

还没等孙科长开口，她身后的白溪主动自报家门，男子听罢立马跪下大哭。孙科长狠狠地剜了两个新人一眼，心想："这两个人到底是怎么搞的，难不成刚来就得罪居民了？"孙科长一边想着一边扶起男人，正欲相劝并问明原委，那人突然飞快地抹了一把脸上的眼泪，随即打开了一直拿在手里的盒子。

保安突然一个箭步冲了过去，挡在孙科长身前。孙科长也面露紧张、戒备的神色，却见男人展开了一面锦旗，上面写着"赠：昆仑路街干部郁风、白溪，'火灾无情人有情 奋勇救人显真情'，刘润菊老人之子敬送二〇二二年九月二十日"。

待看清锦旗上的字后，孙科长意味深长地轮番打量着郁风和白溪，然后笑着对男人说："李师傅，咱别在楼道里站着了，您进屋跟我说说大致经过吧。"男人正要随孙科长进屋，这时他裤兜里的手机响了，他接起来说："对，记者同志，我已经到了，而且我还见到了我老娘的两位救命恩人。对，您赶紧过来吧！"

男人没有立刻随孙科长进屋，而是对保安说："保安师傅，报社记者马上就到了，还有电视台记者也在赶来途中，一会儿麻烦您给他们开下门，然后告诉他们来这里跟我会合啊！”保安看了看孙科长，然后一边应允着一边回去了。

孙科长给男人沏茶倒水，两人寒暄了没几句，报社记者和电视台记者就相继来了，就连方书记也匆匆地从居委会赶来了。郁风和白溪虽然也一同在107室坐着，但他们坐在靠近门边的椅子上，听男人向记者、孙科长、方书记眉飞色舞地介绍着两人救火的经过，就好像男人当时在现场似的。方菲一边听一边用笔在本子上记着什么，而且当她听到“齐福里”三个字的时候，还诧异地望向了两个新人。

后来，还是孙科长问了男人一个关键性的问题：“既然两个年轻人见义勇为、做好事不留名，那您是通过什么途径确认及找到他们的呢?”“嗨，别看我姐姐住的离老娘近，但对她却疏于照顾，还想跟我争房产，我不稀得跟她计较。最后是消防队的人给我打了电话，还告诉了我两位小英雄的名字，后来我老娘那边齐福里居委会的人也联系上我了，我特意向她打听了两位小英雄的姓名和电话，工作人员只说了打来电话的女孩的名字，而且当时问她是哪里的，她说自己是昆仑路街的社工。这不就对上了嘛!”

郁风听后不禁暗想：看来这大城市就是信息灵通，这大城市里的人就是神通广大，他本来当救火是一段入职前的“小插曲”，没承想最后还是这么快就被曝光了。郁风环顾四周，男人还在唾沫横飞地讲着，一旁的两位记者给他拍照、录音、摄像，孙科长却一边听一边点头，方书记的神情却越来越严肃，甚至有些严厉了。

郁风又看了看身旁的白溪，见她淡漠的神情中似乎透出隐隐的焦虑，因为她身体紧绷、面色凝重，一副心事重重的样子。郁风不明所以，他想白溪一定是跟自己一样，看出方书记神情的异常，但她顶多会怪他俩对救火的事隐瞒不报并编造迟到理由。可从结果上看，这只是个善意的谎言，而且经过报社记者和电视台记者的采访报道，昆仑路街肯定要出名，孙科长、方书记都会出现在镜头前，而且后续还会采访他俩呢，真搞不懂白溪有什么好发愁的！

第七章

遭批评教育

确实如郁风所想的那样，两位记者在采访了孙科长和方书记后，问了他和白溪当时的情景和心理活动，以及事后的一些想法，然后在孙科长和方书记陪同下，向街道党工委周书记的办公室走去。

方书记临出去前，突然转身冷冷地扫向郁风和白溪，用只有他俩能听到的声音，从牙缝里挤出几个字："回居委会等我！"看那愤恨的表情，就像要把两人生吞活剥了似的。

郁风悻悻地向居委会走去，他实在忍不住，率先打破沉默："白溪，我不懂啊，刚才方书记的表情……你看到了吗？我们不是已经写过检讨书了吗？难道还会有不好的事情等着我们吗？"

"你可算说对了，这回咱俩刚一入职就'喋血'了，真没想到，简直太悲催了！"白溪简短的回答反而让郁风更加百思不得其解。"不是，方书记会责怪咱们什么呢？隐瞒见义勇为的事实？对迟到的原因撒谎？就算是这些，又能怎么样呢？记者都来报道了，难道还能开除了咱们不成？”“开除不至于，但也不可能就这么算了。”白溪言之凿凿地说。“见义勇为还挨批，你在跟我开玩笑吗？”“谁有心思跟你开玩笑，你要是不信，就等着看吧。”

果然，一个多小时后，面色铁青的方书记一回来就分别“提审”了郁风和白溪，而且对他们救火的相关细节确认再三，还不时翻看着送锦旗的男人当时的谈话记录，并继续在本子的空白处记着什么，最后还严厉批评了他俩向党组织隐瞒救火经过并撒谎的事。

当天下午四点半，雷斌传达方书记的指示，紧急召集居委会的全体社工到会议室开会，并宣布了对郁风、白溪的处理决定。

“郁风和白溪两位同志身为励志里社区社工，在报到当日没有履行相关手续，且没有主动报备，便擅自前往永福林街道的齐福里社区3栋101室救火。两人既没有参加过我区红十字会相关部门组织的应急救护培训，也没有参加过我区消防部门举办的安全讲座和应急逃生演练，更没有采取任何安全防护措施。这两位同志身为中共党员，却无组织无纪律，且罔顾自身生命安全去救助群众，并于事后故意欺瞒党组织。虽然二人的动机是好的，但这种行为本身却是细思极恐的。党有党纪、国有国法、家有家规，理应对二位同志做出严肃处理。但鉴于二人的行为没有造成恶劣的社会影响，也没有造成人员伤亡，且二人均系初犯，念在二人刚刚加入社工队伍不久，为了充分保护新入职社工的工作积极性，特对二人做出如下处理：对郁风、白溪两位同志给予批评教育，以儆效尤！”

这就是雷斌的过人之处，虽然他在方菲面前连一句整话都说不连贯，但是作为副书记的他却时刻关注党的会议、各项规定、决议，甚至包括试行方案和草案。对于《共产党宣言》《中国共产党章程》《中国共产党纪律处分条例》等，都倒背如流。所以当方菲从街里开完会，说出街党工委对郁风、白溪的处理决定后，雷斌就噼里啪啦地在电脑键盘上敲击了起来，随后打印出这有理有据，如行云流水般的一大段话。诚然如方菲自诩手眼通天、无所不能，但提起雷斌的这种技能，她也是自愧不如。所以这也就是为什么雷斌常气得方菲咬牙切齿，让方菲扬言早晚要把他踢出局，但多年来雷斌还是岿然不动的原因。

此时，方菲见气氛已经被雷斌渲染得差不多了，便挥手让雷斌坐下，自己则站起来对大家说：“我刚刚已经对郁风、白溪进行了批评教育，希望他们深刻反思自己的错误。同时咱们励志里社区全体党员干部应引以为戒，不要重蹈两位新人的覆辙。今后在工作中，大家除了胆大，还应该更加心细，要学会合理规避风险、有效保护自己，这样才能更好地守护一方水土与一方百姓！”这段话是方菲趁着雷斌专心打字、无暇他顾时，从网上摘抄、拼接而成，并急匆匆背诵下来的。别看她只有高中学历，但她好歹在部队里当过几年文艺兵，背词的功底还是不减当年的，而且她善用肢体语言，往往给人一种话语铿锵有力、鼓舞人心的印象。

可是唯独励志里社区居委会的社工们对此并不买账，因为他们太知道方书记的“功力”和“功底”了。每当有人话里有话、有意无意地拿方菲的高中学历说事儿时，她都会扭捏作态地说：“哎呀，我也不想呀，谁让我把最好的青春年华都献给了部队，都献给了人民子弟兵呢！”先不管别的听到这句话的人的态度，励志里社区居委会的人都只有一个态度，那就是忍不住多翻几个白眼儿：“现在早就不是可以一直躺在功劳簿里睡大觉的年代了，好汉不提当年勇！”

所以，当大家作鸟兽散，白溪已然是一副“世事洞明”的神情的时候，最难过的就只有郁风了。他感觉自己的头都沉重得抬不起来了，甚至不知道自己是怎么走出会议室，又是怎么走回工位上的。

时间是如此漫长，好不容易挨到下班，郁风迈着犹如灌满了铅的双腿，一步一挪地走出了居委会。在路口转弯处，背后突然传来脚步声，有人赶上来拍了一下他的肩膀。他以为是白溪，但想想不可能是她。直到他转过头，才发现来人是雷斌。

“小郁，来，抽一根儿。”雷斌给他递了一根烟。“男人怎么能不会抽烟呢？从今天开始学，抽一抽就把什么烦恼都忘了。”郁风不好回绝，右手接过烟夹在食指和中指之间，左手却痛苦地捂住脸，并慢慢地蹲在了路边，委屈的泪水从指缝间流了下来。他记得小时候邻居家着火了，妈妈正在院子里哄他玩儿，看见冒烟后马上撇下他冲进火海救出了邻居，很长时间都被四邻八舍夸赞。但如今他这么做怎么会错了呢？

“小郁，作为居委会副书记，我今天宣布对你们的处理决定时，其实比你更痛心疾首，但也请你相信，虽然我知道方书记对你们进行批评教育时，肯定说了些让人难堪的话，但从本心来讲，我并没有因此否定你的为人，相反，我始终认为见义勇为是最难能可贵的品质，但方式方法很重要，你懂吗？”

第八章

点醒梦中人

郁风擦了擦眼泪，站起来辩解道：“当时情况紧急，我的第一反应是冲进去救人，哪里会管什么方法不方法的？方法重要，还是人命重要？”

“人命固然重要，但好的方法也能让你避免很多无妄之灾。就拿你们救火的事为例：那天你作为新入职社工，首要任务是按时报到。当然，作为一个有胆识、有血性的男人，你路遇火情有所作为也是应该的，但你一不熟悉环境，二不掌握应急救护技巧。幸亏你们命大，火也不是很大，如果你们有个万一……咱们街道是不是要承担责任？你们的家人又将面对什么？这些你都想过吗？”雷斌说得头头是道、入情入理。

郁风问：“那我们应该怎么做才对呢？”“当然是先报警，再联系属地居委会了。如果因为地形等原因，消防车一时难以入内，可以在室外帮助和接应居委会的人，但是要牢记属地管理和属地责任制，齐福里社区虽然和咱街只隔一条马路，但属于永福林街道。你如果还是觉得委屈，不妨换位思考：如果你的网格里发生火情，你还没赶到，永福林街社工就先你一步救了人，还得到了社会的赞誉，你作何感想？”雷斌循循善诱。

郁风想了想，点了点头：“听您这么说，我明白了。我们虽然本心是好的，但确实是‘越界’了，而我自己还不自知，我怎么这么糊涂啊！”郁风边说边捶打着自己的头。

“行了，小郁。你明白过来就好，谁都有年轻的时候，在突发情况下，不可能把一切都想周全了再行动。但是我希望你在今后的工作和实践中，不断总结经验和教训。今天受批评不可耻、不可怕，将来受表扬、受表彰，才是你以实际行动证明你听懂了我的话。”雷斌说罢又拍了拍郁风的肩膀，随后快步离开了。

郁风站在原地，望着身边和远方川流不息的人群百感交集：“这里是离妈妈最近的地方，也是我人生轨迹崭新的起点。这里的人、事和工作，远远比我那夜不闭户、路不拾遗的小城要深奥和复杂得多。我要一点儿一点儿地理解和深入这里的生活。总会有一天，我要让妈妈知道，我为她所做的努力、我为她如今生活的城市所做的贡献！”

当天晚上八点，郁风正在洗衣服，微信提示音却接连不断地响起。他怕有什么重要的消息，赶忙擦干了手，拿起手机，见是街里八个居委会的16位新晋社工组建的群里，自信里社区的秦雯雯发了一段视频，然后大家纷纷在下面点赞，还有很多人“@”了郁风。郁风感到很纳闷，心想：难道真的错过了什么？他点开了视频，见是记者对街道党工委周书记、孙科长，以及他和白溪的采访。周书记和孙科长面对镜头侃侃而谈，而他和白溪所说的一大段话，却被截掉了很多内容。在视频的最后，该档晚间新闻的主持人说：“让我们为这两位见义勇为的‘90后’年轻社工点赞，也希望更多的人面对危急情况，能够勇敢地站出来，共同捍卫和守护我们美丽的经天市！”郁风听后不禁用手抹了抹眼角泛出的泪花。虽然他告诉自己下午在雷斌面前失态了，他以后不能再流泪了，但听了主持人的话，他还是深受感动并抑制不住泪水。

与此同时，大家在微信群里的留言，也让他的心情久久不能平静。“郁风，你真是好样的，我身为经天人，都不能做到像你那样，你真是太MAN了！”“郁风，你真给咱新社工争脸，我们以你为荣！”“郁风哥，请接受我的膝盖，你上电视时太帅了，说得也特别棒，我好崇拜你哦！”……

郁风还收到了几条私信：“我听说你们被批评教育的事了，这事电视台都报道了，街里却那样做，简直是不近情理啊，不要屈服啊，兄弟，我无条件挺你！”“郁风，你没事吧？不管别人说什么，反正我觉得你做得对，奥利给！”“你看周书记和孙科长，比你俩还露脸了，转头儿却给你俩批评教育，他们怎么能这样，真过分！”……

不管大家说什么，郁风都没有将一堆套话复制粘贴，而是逐一认真回复，感谢大家对他的关注和关心，希望大家今后一起努力，融入新环境，干好新工作，做好自己，无愧于心。当然，对于那几个为他打抱不平的人，他也做了解释，让大家不用为他愤愤不平，他也有考虑不周和需要反省的地方，他坚决服从党组织的决定。

好不容易全回复完了，他放下手机，揉了揉有些发胀的眼睛，心里感到一阵暖流涌动。但是突然之间，他又隐隐感觉少了点儿什么。他数了数给他发信息的人，14个人，少了谁呢……少了白溪！她是没看见吗？还是觉得大家都“@”他，跟她无关？还是她想刻意和他划清界限？

郁风回想了一下：自从方书记批评他俩迟到开始，白溪就变得怪怪的。直到记者采访那天，她的神情举止就更怪了。郁风当时就注意到，白溪面对记者时，目光一直是闪躲的，都不敢正眼去看。她怎么和救火那天判若两人？她到底是怎么想的？难道她在刻意隐瞒什么？

郁风这么想着，手指却在微信群里来回滑动着。他的目光停留在第一个发新闻视频的秦雯雯的头像上。他鬼使神差地加了秦雯雯微信，发私信感谢她第一时间将视频发到群里，要不然他都不知道这么快就能上电视。

郁风和秦雯雯你一言我一语地聊着聊着，就聊到各自的爱好上，秦雯雯说她最喜欢看韩剧、追综艺，最讨厌看新闻，就连在抖音上无意中刷到，都会一秒略过。秦雯雯无心的话，却让郁风起了疑，他马上问：“那你是怎么把新闻转发到群里的？”

也许是自觉说漏了嘴，秦雯雯半天没回。郁风却不甘心，发了个带问号的表情给她。过了好半天，秦雯雯才回复：“我告诉你实话，你可不要再追究了。”“不会的，你说。”“是白溪转给我，让我转到群里并留言表示崇拜你的。”“白溪……她为什么会这么做呢？”郁风像是在自言自语，也像是在问秦雯雯。“我想……她是不方便出面，但又想在暗中鼓励你吧！”

郁风这才恍然大悟，他感到今天被两个人分别点醒了。

第九章

新人的尴尬

郁风拿起手机，想给白溪发微信以示感谢，但想到答应了秦雯雯，就又放下手机。他决定不再好奇和纠结于白溪的奇怪言行。他们曾一起将陌生老奶奶救出火海，今后也会是并肩作战的盟友。既然白溪暗地里鼓励他，他也会牢记这份情谊，与白溪并肩战斗，互相补台、携手共进。

入职的第三天，郁风却在晨会上感受到了冰冷的空气。方菲要给他俩安排网格，因为此前励志里居委会文教主任考上公务员、卫生主任退休，而这两个社工恰好都是分管励志里大厦1门的，一个管第一网格1—15层，另一个管第二网格16—30层。

励志里大厦属于经天市早期建起的高层住宅，而且是学区房，人员流动性大，加之业主素质参差不齐，管理难度较大。按常理两个新人不能分管同一个楼门，因为本着“一人为私，两人为公”的原则，如果遇到入户动员、走访摸排、处理纠纷等情况，需要管同一楼门的两名网格员结伴一起入户、互相协作，采取以老带新的方式更容易开展工作。但现在问题来了，方菲发扬民主，问在座社工谁愿意换网格并与新社工搭档，大家却都低头不语。

方菲才懒得为这点儿事让手下人对自己落下口实了，她索性将得罪人的事推给“替罪羊”雷斌。而雷斌半年前心脏安装了三个支架，周主任照顾他，时不时让他帮街里写材料，没有给他分配网格。他自觉有点儿“理亏”，就只好被方菲利用。

散会后，雷斌留下八名社工，让他们按照年龄由小到大的顺序，依次到社区活动室谈话。别看社工们平时各自为战、各管一摊儿，但在“舒适圈”面前，谁也不舍得离开。于是，雷斌被以“刚来一年多，刚把自己网格的情况摸清，还需要巩固群众基础”“孩子太小、离家太远，管网格已经勉为其难，换网格比登天还难”“跟群众相处非常融洽，换网格后怕大家欺生”等五花八门的理由拒绝。最离谱儿的一个理由，是工作三年的小潘说自己“社恐”，从带网格那天起就不断给自己做心理建设，如果换网格，简直会要了他的命。

雷斌暗自感叹这帮“80后”“90后”社工一个个真是插上尾巴比猴子还精，一边以一张苦瓜脸向方菲诉说大家的工作太难做了，谁都有自己的难处，都没有精力带教新人。“你这副书记是怎么当的？这点儿思想工作都做不好！要是什么都由我来推动，我不得生生累死啊！”

雷斌等的就是方菲这句话，她每次抱怨完就会想办法、出狠招。但这次出乎他的意料，方菲说："这俩人一个是本市人，一个是外乡人，好在都是大学生，他们不是有能耐、爱出风头吗？那就让他们一起干吧！谁不是摸索着干起来的呢！"

既然方菲都这么说了，雷斌也不好再替两个新人说话，否则方菲准会把枪口对准他并让他带新人，这刚脱手的网格怎么好又接回来呢？况且周书记在大会小会上的发言稿还等着他执笔呢。

恶人总要有人当，虽然雷斌在大家眼中一向亲善随和，但在两个新人面前，他只好拉下脸来。"郁风、白溪，经过方书记和我研究再三，考虑到网格员的承接性和熟悉度，还考虑到希望给你们'一雪前耻'的机会，在其他社工面前展示你们的青春风采和卓越能力，因此我们决定，由白溪负责第一网格同时接手原网格员的文教工作，郁风负责第二网格同时接手原网格员的卫生工作。"

"雷副书记，这……"郁风刚一开口，就被白溪拦下了："谢谢两位领导信任，我们一定好好干。""这就对了，任何工作都是从陌生到熟悉的，方书记也是考虑到你们年轻人有激情、有魄力，与其打破原有的工作布局，让老社工陪着你们'改弦更张'，不如你俩齐头并进，一起从零开始适应工作。我对你们有信心，你们也要珍惜党组织对你们的信任！"

雷斌话已至此，连白溪都一口应允，郁风更是没有理由再推辞了。两人只好拿起原有的居民信息底册，穿好工作服、戴好红袖标，一起向1门进发。临出门前，郁风看到八个社工"事不关己高高挂起”的样子，默默地在心里叹了口气，自觉非常尴尬。

他们前脚刚踏出居委会大门，雷斌后脚就跟了上来。郁风犹如看到救星，又要感激涕零了。雷斌看出了他的想法，拍拍他的后背说：“小事一桩，小事一桩。”

励志里社区管片内共有两栋30层到顶（一梯六户）的高层住宅小区（励志里大厦1门、2门），以及一层三户五楼到顶的普通住宅（励志里广苑楼1—48门）。两人随雷斌来到励志里大厦1门，还没进楼门，雷斌就停步让他俩往上看。“因为三年前有居民深夜往楼下扔灭火器，砸坏了好多车，所以给这两栋楼都安装了摄像头，但时不时还会有人往下扔垃圾，为此引起的邻里纠纷不少，你们遇到这类情况，一定要耐心细致做好群众工作。”

郁风闻言不禁皱起眉头，白溪却是一副云淡风轻的样子。三人等电梯的空当，同样在等电梯的居民纷纷跟雷斌打招呼，对他的称呼也是五花八门——“雷书记”“老雷”“雷叔”“雷子”，还有个居民喊他“雷骗子”。不管人们如何称呼，雷斌都笑着一一回应。

电梯到一楼后，雷斌三人侧身等电梯里的人出来后，郁风正要进去，手肘突然被一个人拉住了。郁风一惊，心想：不会是妈妈认出他了吧！尽管知道不可能，但他还是满怀期待地转过头，看到一张熟悉的脸。“李师傅，您这是……”

李建涛把郁风拉到一边带着哭腔说：“我姐姐天天就知道跟

我争房产，我都没空儿去居委会看你们。我刚接到医院电话，我老娘情况不太好，正要赶过去呢！”雷斌虽然没接触过李建涛和他老娘，但从电视新闻里见到过他，闻言赶紧劝慰道：“大娘吉人自有天相，会没事的，赶快去医院吧，别耽搁了。”

郁风也在一旁说：“是啊，李师傅。您别着急，有事您去居委会找我。”李建涛道谢后急匆匆地走了，但让郁风做梦也没想到的是，他随口说出的客套话竟埋下了祸根。

第十章

第一次纠缠

郁风和白溪在雷斌的带领下，每天上下午各花两小时熟悉网格，剩余工作时间和午饭后则在居委会根据走访情况更新、重整居民信息底册。他们上午走白溪的网格，下午走郁风的网格，是谁的网格就由谁做主导。因为他俩的网格老年居民较多，老人们大多赋闲在家，门很容易敲开。三天跑下来，他们都感到收获很大。如果遇到白天不在的小三口之家或恰好外出的老人，他们则会用午休时间打电话核对户籍信息，对租房、独居、失独、空巢老人给予重点关注。

一周时间很快就过去了。第二周的周一下午，二人正要下网格，却迎来了一位不速之客。李建涛一进门就直奔郁风而来，嘴里还喊着让郁风替他做主。郁风忙问他怎么了。李建涛“扑通”一声给郁风跪下了，连哭带喊地让郁风帮他。这动静不仅让社工们停下了工作，连方菲和雷斌都从小办公室出来，惊讶地望着二人。

郁风上前想把李建涛搀扶起来，但他的双膝却像长在了地上，任郁风怎么劝说和拉拽，就是不起来。方菲担心居民进来办事闹误会，赶紧说：“李师傅，有什么事您起来说，您这样解决不了任何问题，跟我来会议室吧。”

方菲和李建涛在前面走，雷斌、郁风跟在后面，不知什么时候，白溪也跟了上来。五人在会议室坐定后，方菲吩咐白溪倒茶，白溪照做。李建涛看了看他们，没等他们问就道出了原委。

李建涛说他老娘患有呼吸系统疾病，因为火灾时吸入的烟太多而去世了，今天早晨刚火化，他姐姐姐夫就侵占了老娘的房子，还把他连骂带打给赶了出来。他说着说着，不禁失声痛哭。郁风这才注意到他右臂上戴孝的臂章，想起那天和白溪救出老人的场景，谁承想老人最终还是走了，这样想着他的眼圈也红了。

李建涛抹了一把眼泪接着说，他是老娘唯一的儿子，他儿子是老娘唯一的孙子，他有法定继承权，却无力与凶神恶煞地侵吞老娘房产的姐姐姐夫抗衡。希望居委会为民做主，帮他讨回公道。方菲听后先是劝李建涛节哀，然后委婉地说，他的情况属于遗产继承问题，如果老人生前立有遗嘱，应遵照遗嘱执行，否则应该由法院裁定。

李建涛却执拗地说：“我是你们的居民，居民的事你们不管谁管?”方菲解释说，他遇到的问题不在居委会的权责范围之内，他们对此也是有心无力。李建涛看也不看方菲，转而对郁风说："你不是管我们楼门的吗？别人我不找了，我就找你，你来帮我解决！"郁风其实在李建涛刚进来找自己时，脑子里就一直在想对策，随着李建涛的叙述，还有方书记的答复，他知道这不是居委会能解决的事，更不是自己能管得了的。他赶紧说："李师傅，您老娘和我有一面之缘，她的逝世让我也感到很难过。其实前几天我看了居民信息底册，知道您是不久前才租住在1601室的，您……"

郁风话还没说完，李建涛就火儿了："你这话什么意思？我光明正大地租房，犯国法了吗？租户怎么了？租户也是你们的居民，我现在有了困难，找你们难道不对吗？""李师傅，我不是那个意思……""不是那个意思，你是什么意思？再说了，那天咱们在电梯门口遇到，是你主动说，让我有事去居委会找你的，很多居民都听到了，包括你的两个同事也在场，难道你想赖账不成？"

眼见事情愈演愈烈，方菲赶紧打圆场道："李师傅，我们很同情您的遭遇，郁风年轻不懂事，说话措辞不当，但他不是那个意思，您先消消气。"她说完让李建涛趁热喝茶，李建涛却不买账，连看都不看她一眼，还是口口声声说让郁风给他解决。

郁风看了看一脸严肃的方菲，又转头用求助的眼神看着雷斌，雷斌却移开了目光。最后还是方菲开口道："我们社区有法律工作室，每周二下午都有法律服务人员来社区为有需求的居民提供免费法律咨询，我这就给律师打电话，您跟她咨询一下。""不必了，我马上要回去处理点儿事。你把律师电话给我，我有空儿会咨询的。”方菲把电话写在便签纸上，李建涛接过来，连声“谢谢”都没说就走了。

原班人马送李建涛出去，李建涛独自走在前面，路过大办公室时，郁风想起他原本要说的话是让李建涛留下身份证号码、电话等信息，正要回去拿底册，却被方菲拽了一下，他转过头，正看到她瞪视自己，吓得一个激灵，赶紧收住脚步。

李建涛走后，总算是松了一口气的郁风正欲随白溪回大办公室，却被方菲叫到她的办公室。“你这年轻人是拎不清吗？你说的那叫什么话，这不是明摆着授人以柄吗？你刚才还想回办公室干什么？你还嫌局面不够乱吗？”郁风惭愧地低着头不说话。“我把田律师的电话发给你了，今晚八点，你打电话问她李建涛的情况。”“要是李师傅没给田……”“你照我说的做就行。”方菲说着又狠狠地剜了郁风一眼，吓得郁风赶紧把后半句话咽了回去。

等郁风诚惶诚恐地关门出去后，方菲气呼呼地半是自言自语、半是对雷斌抱怨道：“要是新来的男社工都是这副受气小媳妇的样儿，以后居委会的活儿没法干了，都等着居委会书记来擦屁股，每年还招这么多男社工干什么？都让我一个人干算了！”

“方书记消消气，我给您打水去。”雷斌唯恐方菲迁怒于自己，赶紧拿起她的杯子开溜。方菲看着他巴结又无能的样子，气不打一处来，待他走后，冲他的背影“呸”了一声。

郁风回到座位后，愣愣地对着底册上1601室的空白户籍页发呆，他没想到工作中除了要跟居民打交道，还得利用下班时间与律师交涉，看来自己真是低估了这份工作的难度。白溪看到郁风闷闷不乐的样子，便没和他下网格，雷斌也没出现，其他社工都忙着各自的工作，一下午就这么过去了。

第十一章

淡定解危机

转天早上，郁风顶着黑眼圈上班，来不及等到开晨会，就径直找到刚进屋的方菲汇报，昨天晚上田律师告诉他，李师傅絮絮叨叨跟她说了快一个小时，但有很多关键的地方他都说得含糊其词，或者避而不谈，感觉他家的情况挺复杂的。郁风想了解更多的信息，田律师却没有透露，还说他家的事情居委会管不了。郁风挂断电话更郁闷了，他看李师傅的气势是不会善罢甘休的，他要是再找来，别说自己没法兜底，连方书记都够呛能接招儿，该怎么办才好呢?

就这么想东想西地瞎琢磨，郁风一宿都没睡个安稳觉，思前想后决定上班就找方书记求援，他感觉雷斌是很难指望上了，目前只有看看方书记是不是有什么缓兵之计了。方菲听了郁风的汇报，眉头一皱说:“要是事情好解决，他也犯不着求助于咱们了。等着吧，这一半天，他还得来。”“那咱们怎么办?”郁风瞬间感觉“压力山大”。“还能怎么办？兵来将挡，水来土掩，咱们见招拆招吧。”听方书记这么说，郁风感到压力更大了，不过他转念一想，听她说话的意思，还是有几分把握的。自己资历尚浅，还是不要轻举妄动，一切听方书记的吧。

尽管如此，郁风还是忍不住在心里暗暗祈祷，希望李建涛不要来。可就是怕什么来什么，上午九点四十分，郁风和白溪正在结伴下网格，雷斌突然打电话让他俩回居委会，说李建涛又来找郁风了。

看着郁风挂断电话后愁眉不展的样子，白溪宽慰他说：“别犯愁了，回去看看又有什么新段子，再做打算吧。”两人一边等电梯一边说着话。郁风说：“我真后悔那天跟李师傅说，有事来找我那句话，唉，这不纯粹是自己给自己挖坑嘛！”“行了，你快别自责了，我感觉以李师傅的性格，就算你不说那句话，就算你和他从没见过，该找你他也一定会找你的。”“那就是我摊上事儿了，活该我倒霉呗。”“也不能这么想，其实他找的不是你，是居委会，是负责他那一层的网格员，即使那个人不是你，他也会找的。”

郁风听后感到茅塞顿开，突然有一种“拨开云雾见青天”的感觉。“谢谢你，白溪，听你这么说，我心里突然没那么堵得慌了。”“客气什么啊，你这叫‘当局者迷’。你千万不要有太大的思想负担，就当作对你的考验就行了。”“是啊，我还真得听方书记的话，‘兵来将挡，水来土掩’！”“她是这么跟你说的？”“是啊，这是早上她跟我说的原话。”两人乘电梯到一楼后，一起走出楼门，一路上再没说一句话。郁风隐隐感到奇怪：

怎么白溪看着挺理智、善良的一个姑娘，可但凡沾到和方书记有关的事，她就有哪里不对劲儿呢！

两人一回到大办公室，就感到气氛不好。所有社工都坐在工位上，看似在忙工作，但总给郁风一种“隔墙有耳”的感觉。果然，会议室方向传来李建涛的嘶吼。郁风和白溪赶紧冲进会议室，正看到李建涛把一杯茶水泼到方菲衣服上，雷斌则迅速反应过来，挡在了方菲身前。

纵然是郁风刚刚被白溪说动，不再感到那么烦恼了，但眼见李建涛如此蛮横无理，那一杯茶水等于是方书记替他承受的，他再也按捺不住，掏出手机按了三个数字，正要拨通，却被身旁的白溪一把将手给按住了。郁风对白溪阻拦自己报警感到诧异，正转头看向她，突然听到方书记说：“李师傅，您的心情我能理解，这事儿搁谁也咽不下那口气，但您现在首先要做的，是找到一个途径和方式，去跟您姐姐沟通，看看能不能商量出一个解决之道，而不是在我们这儿耽误宝贵时间。刚才您也说了，您只在经天待半年，您家里的事这么难办，肯定需要协商很多事，找很多个部门办理相关手续。在这之前，您还得先做通您姐姐的思想工作，力争和您达成共识。您与其找我们，还不如找源头，您说呢？”

“你上嘴唇碰下嘴唇说得倒是轻松！你都明白的事，我会不懂吗？如果我姐姐真像你说得那么好沟通，我还至于天天跑这儿来找你们来吗？要真像昨晚那个律师跟我说的，去法院民事调解，这一套流程下来得多长时间？你天天在办公室里坐着，茶水一喝、报纸一看，你是不着急啊。可我孤身一人、抛家舍业来经天，我老婆要上班还得带孩子，天天打电话问我什么时候才能回去，我容易吗我？”

“我也知道您不容易，可这年头儿谁又容易呢！您每天往我们这儿跑也于事无补，而且也会分散您的精力，您姐姐那边更感受不到您迫切想解决问题的心情……”“你绕来绕去的，还是想让我直接跟我姐对线呗！如果她肯出来跟我谈，我至于四处求爷爷告奶奶吗？你刚才跟我说了那么多管什么用？你有本事说动我姐姐出来跟我谈啊！”“李师傅，您看您说着说着又急了。从昨天到今天，我这不是一直在帮您想办法吗？我们居委会前行500米，是昆仑路街派出所退休民警老唐成立的‘老唐调解工作站’，我这就带您去那里咨询，看看老唐有什么办法能帮您。”

“你要是早这么说，我不就不跟你着急了吗？对不起啊，方书记，刚才是我一时冲动了，我向您道歉。我跟您走，只要您能找人帮我调解，别说离这儿500米，就是5万米我都去！”李建涛的态度来了个180度大转弯，让一直站在门边的郁风默默地在心里为方书记的宽宏大量、不计前嫌、为民办事竖起了大拇指。他心想：方书记真是太淡定了，轻松几句话就化干戈为玉帛，把来闹事的人说服了。

这么想着，郁风主动给方书记开门，然后跟在后面走了。白溪拉住他，问他跟去干什么。郁风说：“跟去学习啊，看看方书记和老唐警官是怎么解决问题的，这么好的机会，你也一起去看看吧！”白溪想了想，虽然还是有些犹豫，但见郁风匆匆跟了出去，便也追了上去。

第十二章

动情诉衷肠

郁风环视着“老唐调解工作站”那间小屋，简单的陈设却透着威严，尤其是背景墙上的字：“法为上，礼为先，和为贵”“人民调解息纷争，化解矛盾促和谐”“调千家事，解万家愁”。他心想，光是看看这些字，就多少可以安慰身处困境的人的心灵。

老唐警官六十岁出头儿，听完李建涛翻来覆去的诉苦后，以一双炯炯有神的眼睛注视着他，然后开口道：“既然你当年因为娶妻生子留在通南市，而且和你姐姐约定，由她为老娘养老送终，房子也归她，而你老娘也认可了此事，你如今又是为何千里迢迢来分你老娘的房子？”

“人心都是肉长的，我知道这些年我姐姐守着老娘不容易，我之前从没想过有一天会和她争房子。但是最近，老娘隔三岔五就给我打电话骂我姐姐不孝，说好了陪她住又反悔，只是每天晚上来送晚餐和转天的早午餐，而且饭的量很少，她天天都吃不饱，晚上饿得心慌。我这里有通话录音，我一会儿传给您。还有，因为我姐姐疏于照顾老娘，老娘自己在家睡觉发生火灾，要不是这两个小同志好心救火，我老娘烧死了都没人知道。这件事就发生在我刚从通南市过来这边不久，电视新闻都有报道过，您可以看网上的视频。我姐违背了当初的承诺，她这样不孝不义，如果我老娘的房子给了她，就算我答应了，老娘的在天之灵也不会答应。我不是为我自己争房子，我要让我老娘放心，她还有儿子呢，她儿子得为她讨个公道，不能任人欺负和宰割。青天大老爷，求您给我做主啊！”李建涛说得动情，眼看又要跪下，被眼疾手快的雷斌一把扶住，并夹紧了他的胳膊，迫使他站着。

“这样吧，你先在这儿登记填表，把纠纷的事实、主要诉求详细写好，然后把相应的证据发给我。”李建涛听罢埋头写了起来，一边写还一边翻看着手机。老唐警官和方菲等人坐在旁边等待着。

李建涛终于长篇累牍地写满了四页纸，老唐警官逐一看后说：“你不是说你姐姐现在住在永福林街你老娘家里吗？稍后我会联系那个街‘调解工作站’的负责同志调查核实你们双方的情况，然后根据实际情况拟定调解方案，你保持手机畅通，回去等我通知吧。”

“太感谢青天大老爷了，您要是帮我解决了这事，就是对我有再造之恩啊，我日后肯定会报答您的，青天大老爷！”李建涛因为被雷斌制约住，无法跪下，但他还是对老唐警官千恩万谢。

老唐警官摆摆手说:“家和万事兴。我相信你老娘的在天之灵也希望看到你们姐弟俩和平解决遗产的事，我们人民调解员会尽力帮你们调解的，你们也要珍惜亲情啊!”“那是当然了！要不是我姐姐虐待我老娘，最后导致我老娘惨死在医院里，我也不至于大老远的折腾这一趟。青天大老爷费心了，我等您的好消息了。”方菲和雷斌对老唐警官点了点头，带着两个新人出去了。

刚一出门，李建涛又差点儿给方菲等人跪下，幸亏雷斌保持警惕，一直紧紧地搀着他的胳膊，见他要屈膝，赶紧把他的胳膊往上拽，他才没有得逞。郁风虽然很同情他的遭遇，但对他动不动就下跪的行为很是反感，要不是有雷斌在场，他恨不得赶紧脚底抹油溜之大吉。

四人回到居委会，一起就目前了解到的情况商量对策。郁风眼见方菲在说话的过程中一会儿皱眉头，一会儿松眉头，一会儿又皱紧了眉头。看着方书记阴晴不定的表情，郁风心想:这桩遗产纠纷眼看有望解决，方书记不是应该高兴吗？怎么看她的样子还是感到忧虑呢？这时只听方菲说:“虽然有老唐警官调解，但我估计后续如果有事，李建涛还得来找咱们。郁风，这是你网格里租户的事，你负责后续跟进，白溪负责协助和接应，如果你们遇到困难，随时跟我汇报。”郁风听后向方书记连声道谢，随后便和白溪退了出来。

中午下班后，郁风刚要点外卖，突然收到雷斌发来的微信。他按照雷斌发的定位，来到居委会附近一家叫“好再来”的面馆。刚坐下没多久，雷斌就推门进来了。郁风站了起来，雷斌把他带到角落的一个小单间里。店伙计进来和雷斌打招呼，雷斌让他把菜单给郁风，郁风不明白雷斌的用意，犹豫地看着他。“小郁别客气，想吃什么就点。”“雷副书记，我第一次来这里，还是您点吧，我吃什么都行。”雷斌便不再推让，点了两碗经天炸酱面。伙计离开后，雷斌拿起桌上的茶壶要给郁风倒茶。郁风忙不迭地接过来，给雷斌倒上，再给自己也倒上。

雷斌喝了一口，见郁风既不喝茶也不说话，便开门见山地说：“小郁，李建涛那天非让你帮他解决问题，你想让我帮你，我没开口，你是不是埋怨我了？”“没有的事，雷副书记。那天我没想到李师傅会一直缠着我不放，我只是无意中看了您一眼，您别多想。”“行了，甭管你看我那一眼是因为嘛，我明人不说暗话，想必来了几天你也看出来了，在咱居委会只要有方书记在的地方，就没有我说话的份儿。我不怕让你笑话，事实就是如此。虽然我比方书记年纪大，但她是一把手，习惯了凡事冲在前面，如果我上去显示我自己的能耐，就算替你解了围，她指不定得多恨我呢。万一我解围失败，她又会笑我没本事，反正甭管怎么说，都是她有理。所以我干脆就不说了，让她来逞英雄、当好人，我就做个陪衬，在她遭李建涛泼茶水时替她挡一挡，她要是能知我这份情，我也就知足了。”

听雷斌动情地对自己掏心掏肺，郁风还能说什么呢？其实他早就看出来了，虽然他有些同情雷斌，但通过跟方书记的几次接触，特别是她代自己受过，他心里还是很过意不去的。但他又不能直接表忠心，唯有用行动证明。但是对于雷斌，他却有了新的看法，虽然这看法有待印证，但他还是长了个心眼儿。炸酱面上来后，他和雷斌边吃边有一搭没一搭地聊着，后来他借口上厕所结了账，雷斌发微信红包给他，他没有点开，两人便一前一后地回去了。

第十三章

神秘小女孩

最近被李建涛搅和得都没怎么好好下网格，这天下午，饱饱地吃了一顿经天风味面条的郁风突然来了精神，决定重整旗鼓和白溪接着下网格。面对早上雷斌的自动“隐退”，郁风想了想，没有叫他。两人照例走郁风的网格，却在等电梯时被0301室的居民拦下了。居民向他们反映了一件怪事。最近一个多月以来，0305室独居多年80岁高龄的朱奶奶家里经常传来她和一个小女孩对话的声音，而这楼里的很多邻居都知道朱奶奶唯一的女儿在第六中心医院上班，已经50多岁了。她的孙子在外地上研究生，只有寒暑假才回来。因为房子不隔音，这一层的邻居无论白天晚上出来进去，或者倒垃圾时，都能听到朱奶奶屋里隐隐约约传来的对话声。有一次，0301室的邻居炒菜时发现葱忘了买，找朱奶奶借时，朱奶奶热情地让她进门站在客厅等候，她好奇地张望着，并没看到朱奶奶家有小女孩的身影。但她前脚拿着葱出了门，正拿钥匙开自家房门，却听到了朱奶奶和小女孩对话的声音，把0301室的居民吓得汗毛倒竖，葱都差点儿没拿稳掉到地上。

很快各种各样的猜测就在三楼的居民之间传开了，有人说朱奶奶的孙子在读本科期间结婚了，生了个孙女，长到三四岁时，因为孙子研究生课业负担重，就把孩子接来让朱奶奶照看。还有人说，小女孩是朱奶奶的女儿出于好心收养的，因为有残疾不方便见人，就陪朱奶奶做个伴儿。还有更离谱儿的说法，说小女孩是外地来的流浪儿童，因为看到朱奶奶心眼儿好，就自愿留下来陪伴她。

郁风和白溪听着0301室邻居的讲述，都觉得各位邻居们的想象力未免太丰富了，但因为朱奶奶是独居老人，如果她家有人来寄宿或长期居住，应该向居委会报备及登记信息。白溪记得第一天下网格时，朱奶奶热情地把他俩迎进去坐，她家虽然只有几件最基本的家具，但客厅收拾得很干净，不像是有幼小的孩子多日留宿的样子。白溪想回居委会后给朱奶奶的女儿打电话了解一下情况，但郁风却说事不宜迟，要马上陪她去朱奶奶家看看。

白溪犹豫了一下，但看着郁风想一探究竟的样子，便决定跟他去看看。0301室邻居回家后，他们敲开了朱奶奶家的门。在客厅坐下后，白溪说想去洗个手，朱奶奶把厕所灯打开，白溪进去了。等她出来后，郁风的手机响了，郁风“喂”了几声后，边举着手机边四处走动着。等他看了一圈后，才在阳台站定，说了两句话就挂断了，然后对朱奶奶说："朱奶奶，不好意思，我手机一进咱楼里信号就不好。"朱奶奶笑着说："甭说你了，我的手机也这样，所以我干脆把手机停了，只留了座机。反正除了我闺女，也没人给我打电话。"白溪闻言，跟朱奶奶核对了座机号码，将她原来登记的手机号用橡皮擦去了。随后，白溪说："朱奶奶，您女儿经常来看您吗？""她前几年每周至少来两趟，可是从2020年底到现在，来得越来越少了。我打电话给她，她不是挂断了，就是不接，也不知道天天在忙什么。""那您现在每天一个人在家？没有亲戚朋友来看您吗？"郁风问道。"是啊，我老伴去世得早，孙子在外地读研究生，学习很忙。女婿和女儿是一个单位的，比女儿还忙。亲戚朋友们走的走、动不了的动不了，也很少来往了。家里就我一个没人理、没人问的大闲人。"白溪赶忙说："朱奶奶，您快别这么说，一有机会我和郁风就来看您，陪您说说话，或者给您打电话，您别烦我们就行！""那哪能啊，我除了早上出去买菜，天天在家里，你们常来家里玩儿。要是中午不知道吃什么好，可以来我这儿吃，我做的饭我孙子可爱吃了。"两人又陪朱奶奶拉了几句家常，就告辞了。

出门后，两人前往郁风的网格，趁电梯里只有他们两人，他们迅速交换了"侦查结果"和看法，白溪去了洗手间，漱口用品只有一套，毛巾、搓澡巾也只有一条，根本没有儿童的洗护用品。郁风趁着打电话的机会转了一圈，屋里各处没有别人，阳台上也只晾着朱奶奶的衣物。

“难不成是三楼的邻居们听岔了？”郁风很是纳闷。“一个人听岔了有可能，但那么多人、那么长时间都听岔了，这就有些奇怪了。”白溪也想不出所以然来。“要不这样，过几天咱们再问问邻居们吧。”“也只能这样了。”

两人走完郁风的网格，从楼上乘电梯下楼的时侯，电梯在三楼停下了，0301室的邻居见是郁风二人，赶紧进电梯并按住电梯门，让电梯停留，然后悄声对他们说：“原来你们没走啊，我还正要去居委会找你们呢。你们刚走不久，我出去倒垃圾，又听到朱奶奶家里的动静了。那个小女孩问朱奶奶刚才来的是什么人，朱奶奶告诉她，是两个居委会新来的年轻人。哎呀！吓得我拿着的垃圾差点儿全撒了。你们进去那么半天，看到孩子了吗？长什么样子啊？”邻居的话让郁风和白溪听傻了眼。两人随邻居一起下了电梯，蹑手蹑脚地来到朱奶奶家门外，仔细侧耳倾听，可奇怪的是屋里一点儿动静都没有。

又过了一会儿，还是没有任何声音。邻居只好送两人去乘电梯，她尴尬地搓搓手说：“我也不知道怎么会这样，但我保证我反映的情况不是空穴来风，你们可以打电话问问这一层其他的邻居。如果你们有时间，多来几次，也许就能听见朱奶奶家的奇怪声音了。”

两人走出楼门后，白溪打开居民信息底册，看到反映情况的0301室居民是某局的退休干部，看她说话时的神情言之凿凿。虽然心里有疑问，但白溪凭直觉感到那个女人的话很可信。回到居委会后，白溪给三楼楼长0311室的樊大娘打电话委婉地说，有个居民听到朱奶奶家里总有动静，白溪还没想好要不要说多一点儿，樊大娘却立即表示，0301室的邻居跟她说过，她也听到过，还跟网格员反映过，可是不久后网格员离职了，这事儿也就没人管了。

第十四章

终初见端倪

连续两天，无论去两人谁的网格，郁风和白溪都会先去朱奶奶家门口侧耳倾听，但去了四次却一无所获。就在他们觉得朱奶奶应该没什么事的时候，9月30日上午，李建涛的到来打乱了两人的工作计划，他们也终于听到了朱奶奶家不同寻常的“动静”。

那天晨会刚开到一半，李建涛突然闯进会议室说：“一晃都四天了，我也没接到老唐警官的电话，明天就是国庆了，马上又过去七天，你们到底什么时候给我解决？”郁风见状拉着他出去说，白溪也跟了出去。

郁风说老唐警官经验丰富，但手上的工作很多，让李建涛耐心等一等。李建涛却不管那一套：“人生总共三万六千天，过一天少一天，我的时间浪费不起。国庆节期间我要回通南和家人团聚，今天我无论如何得要个说法。”郁风挠了挠头，正要说什么，白溪开口道：“我俩这就带您去找老唐警官，看看事情的进展。”李建涛这才满意，大摇大摆地走在前面，白溪和郁风跟方书记打了声招呼，随即出了居委会。

一见到老唐警官，李建涛却没了刚刚的气焰，态度极其谦卑，也不提要说法的事，东拉西扯就是不说正事。郁风有些着急，刚要替他开口询问，却被白溪一个眼神制止了。李建涛本想让郁风他们开口，但见两个年轻人不动声色，就还是扯着闲话。老唐警官看了看他说：“我前两天已经联系了永福林街‘调解工作站’的同志，他们正在给你姐姐做工作。我知道你着急想尽快解决，但你和你姐姐是一奶同胞，沟通起来都有困难，我们对她来讲完全是陌生人，更需要时间了。欲速则不达，如果你不想最后徒劳而返，还是再耐心等等吧。”

李建涛闻言马上换了一副谄媚的表情说：“青天大老爷，我可没有不信任您，也没有催您的意思，这不是快过国庆节了吗？我提前给您送祝福来了，祝您国庆节快乐，阖家欢乐。您先忙着，节后我等您的好消息。”说完，他就告辞出去了。郁风强忍着厌恶的表情，和白溪一起出去，临出门时，他看到老唐警官无奈地摇了摇头。

三人返回途中，李建涛对郁风说：“我看你们方书记都不跟着来了，是不是嫌我烦了？”郁风赶紧说：“您别误会，今天晨会方书记对大家进行节前教育，我们要签‘承诺书’，开会的照片还要上传到街道办的群里……”“对啊，李师傅，我俩也得赶紧回去了，要不照片少了俩人，会有不好的影响，您慢走，我们先回去了。”说罢，白溪加快了脚步，郁风也赶紧跟上。李建涛的一系列“骚操作”今天终于彻底恶心到他了，此时不走更待何时？

他俩回到大办公室，才发现屋里没人。雷斌听到动静，拿着三张纸对他们说：“这个是节前教育会议的签到表，你们走之前已经听方书记传达会议精神了，把名字签上就行。这个是承诺书，一人一份，仔细阅读后签上名字和日期。”郁风一看，是承诺不能在国庆节期间违规收受群众的钱款、购物卡和礼品的承诺书。两人签好名后，雷斌告诉他们，所有网格员都结伴下网格了，重点走访独居、残疾、失独老人，让他们也针对网格内的重点人进行走访。

两人来到白溪的网格，当来到朱奶奶家门前时，他们竟然听到屋里传来小女孩尖细的说话声：“对呀，对呀，明天就过节了，我要穿上最漂亮的衣服出去玩儿。”“好啊，奶奶带你去公园！”这对话声让二人隔着防盗门都感到惊悚，他们对视了一眼，敲响了门。

对话声戛然而止。过了一会儿，朱奶奶开了门，把他们迎进了屋。两人在客厅坐定后，白溪说明来意：“明天就是国庆节了，这几天您可一定要注意水电煤气安全，外出时一定要检查好，关好窗户再出门哦。”朱奶奶点了点头，感谢他们的关心。“朱奶奶，明天您要出去吗？”“明天哪里都是人，我这么大岁数，就不去凑这个热闹了。倒是你们两个年轻人，应该趁着假期多出去玩玩。特别是郁风，应该去六大道逛逛。”郁风虽然心下诧异，但还是笑着应允。

“朱奶奶，国庆长假您女儿、女婿和外孙子来看您吗？”白溪关切地问。“我女儿女婿越到节假日越忙，外孙子忙着发表论文，根本没时间回来，我早就习惯一个人过节了。”朱奶奶的神情有些落寞。“那您一个人在家，平时都做些什么呢?”白溪随机应变，换了个角度问。“我早上买菜连着下楼接接地气，做好早饭和午饭，听听广播，收拾一下屋子，中午睡一觉，然后做个简单的晚饭，看完新闻联播，洗漱完就睡了。我一个孤老婆子每天就是吃了睡、睡了吃，也干不了别的。”朱奶奶一副乐天知命的样子，但她的话更让两人生疑了，在朱奶奶的生活里，满满的都是她自己，根本没有小女孩的存在。她和小女孩的对话，难道是大家集体的幻听吗?

“不对，一定漏掉了什么，绝对有蹊跷!”接着走白溪的网格时，脑子一直在高速运转的郁风言之凿凿地说。“我也觉得不对劲儿，但看朱奶奶的神态和话语，又不像有什么不好的心思。”白溪也想不明白。“咱们没敲门之前，朱奶奶不是说，国庆节要带小女孩出去玩儿吗?我一会儿就跟方书记申请国庆节当天值班，到时我守着监控录像，不就都清楚了吗?”郁风说。“国庆节你不回去陪陪家人吗?”白溪好奇地问。“我才来经天没多久，就不来回折腾了，等过年再回去。”“那你更应该好好逛逛经天了，毕竟朱奶奶是我网格的居民，要值班也是我值，你就别跟我抢了。”“那怎么行?万一有什么突发情况，你一个女孩怎么应付得来?咱俩一起下了这么多天网格，就别分什么你的我的了，我比你大，你听我的，有什么情况，咱们随时联系。”白溪跟郁风道谢，郁风摆了摆手说:“小事一桩，小事一桩。”白溪愣住了，郁风随即也一怔，心想自己竟然说出了雷斌的口头禅，两人不约而同地笑了起来。

第十五章

各自怀心事

此刻，方菲正在办公室里为排班发愁，因为国庆节当天除了要在办公室接听电话、接待群众来访，还要巡视小区、检查国旗悬挂情况、查看辖区内有没有违章摆摊设点等情况，而且上级领导往往会在这天来社区突击检查，所以，八个社工和“老油条”雷斌都不愿意在国庆节当天值班。她自然想到了那两个新来的年轻人，但他们毕竟刚来不久，有的是理由拒绝在国庆节当天值班。还有国庆节的最后一天也很棘手，一些居民从外面旅游回来，需要到居委会协调解决一些事情，还有的居民想趁着最后一天假期，把之前没时间与居委会接洽的事情办完。这一头一尾的两天值班工作量都很大，如何才能不动声色地让两个年轻人心甘情愿地接手呢?

两人是中午快下班时才进门的，还没坐到座位上，方菲就从小办公室出来了。“郁风，白溪，你们俩网格走得怎么样了？有什么情况吗？”白溪生怕郁风把未经证实的朱奶奶的事说了，带来不必要的麻烦，于是抢着说：“我们先从楼下走的，我网格里那几个重点户全都走完了，郁风网格的重点户走了一多半，还剩下五户，我们下午再去一趟。”“辛苦了，你们刚接手，要多花些心思，等跟居民们熟了，工作开展就会更顺利了，前期费心一点儿，也是为后续工作奠定基础。”“方书记说得对，我们力争更快地熟悉工作，撸起袖子加油干。”郁风表决心道。“努力工作的同时，也要注意劳逸结合。你们入职的这些日子，遇到的难事挺多的，我都看在眼里。明天就放假了，你们正好可以利用这个机会休整一下，开班后争取再创佳绩。”“谢谢方书记，我们会再接再厉的。有件事我正要跟您说呢，我想申请国庆节当天值班。”

本来方菲还准备了一大篇说辞，想一步步诱使在她眼中傻头傻脑的郁风“上套”，没想到竟然不费吹灰之力地让他主动“愿者上钩”了，心中不禁窃喜，但表面上却云淡风轻地说：“国庆节当天六大道那边有很多文化活动，你去看一看多好，在单位值班岂不是错过了良辰美景？”“谢谢方书记替我着想，但我这几天下网格感觉到工作挺艰巨的，想趁热打铁赶紧把居民信息底册整理好，尽快进入角色，您就批准我第一天值班吧。”“既然你这么迫切地想把工作干好，那我就成全你吧。”方菲依然说得波澜不惊。见郁风对此很是感谢，方菲又转头对白溪说：“既然郁风主动承担了第一天值班，那么……”“方书记是想让我值最后一天吗？”白溪直截了当地问。方菲没想到自己的心思竟被一个小丫头看穿了，她正思忖着怎样回答才能不失面子，白溪却没给她这扳回一城的机会，“那我就听方书记的，值最后一天吧。”方菲的脸红一阵儿白一阵儿的，但不管怎样，她总算是不费吹灰之力就让两个新人认领了那两天的值班，中间五天按照原来的值班表，轮到谁就是谁值班，如果谁有事，跟其他人倒班就好了。

方菲回到大办公室，对还在打字的雷斌说：“一上午也没见你用电脑，怎么越到下班越装起忙来了？既然你不着急吃饭，那就把值班表排出来，第一天郁风，最后一天白溪，其他几天按照之前的顺序排，做完表发给孙科长，再打印一份贴到大屋的告示栏里。”雷斌答应着，关掉了装样子的word文档，做起了值班表，一边做一边心想：“郁风这个自投罗网的二百五，别看名牌大学毕业，智商情商明显都没有白溪高。而白溪这个小妮子，不仅大有来头，而且鬼心眼儿多得很，以后有的是好戏看了。”方菲一边拎着包往外走，一边暗想：“郁风为人处世还算老实，那个白溪也太鬼灵精了，好在都是一些小聪明，终归上不了台面儿，看我以后逮着机会怎么收拾她！”

方菲走后，郁风主动邀请白溪一起吃饭。两人骑共享单车来到距居委会两站地的小黄楼地下商贸街的麦当劳。郁风提出请白溪，却被白溪谢绝。郁风拗不过她，点了巨无霸套餐，白溪则点了儿童套餐。

“这是咱俩入职后第一次一起吃饭，来，我以可乐代酒敬敬我的盟友白童鞋，预祝咱俩一直都合作愉快！”白溪举起牛奶和郁风的可乐相碰，说：“只要你管住嘴，先想再说，比什么都强。你老实说，刚才要不是我抢先回答方书记的问题，你是不是打算将朱奶奶的事和盘托出？”“不愧是我的好搭档啊，够有默契！不过我也不傻，我一看你抢着回答，瞬间就明白了，我最后不是什么都没说吗？”“就你还不傻哪？方书记还没说几句，你就主动请缨说第一天值班，不知道你是真傻还是假聪明。”“命里有时终须有，如果真该着我值班，就是我千方百计逃避，最后还是得值班。与其这样，倒不如主动要求，还能给方书记和大家留下一个好印象呢！”

听郁风说得如此诚恳，白溪便不再多言。两人低头吃着，各自想着心事。吃完饭，白溪叮嘱郁风：“无论明天朱奶奶有什么情况，你都不要擅自行动，更不能报警，你先拿我的居民信息底册给朱奶奶的女儿打电话，然后给我打电话，等我们都到了，咱们再一起行动，明白吗？”“那什么时候给方书记打电话呢？”郁风问。“这是朱奶奶的私事，你我知道了都得严格保密，更别提让其他人知道了。总之，我们不要在事情没有明朗之前闹得沸沸扬扬的，否则对朱奶奶和你我都不好。这件事你就听我的吧！”“好。”尽管郁风答应得很干脆，但他却不敢苟同白溪的处理方法。可朱奶奶毕竟是白溪网格的居民，他猛然想起雷斌教导他不要“越界”的话，只得尊重白溪的意见。

下午两人结伴跑完了郁风的网格，各自埋头整理起居民信息底册，一直忙到快下班。郁风强拉着白溪利用剩下的时间，先到大办公室预祝两位领导国庆节快乐，再回到小办公室向同事们送出祝福，老社工们答应着，气氛轻松了一些。下班后两人一起走出居委会，郁风不禁对明天自己的首次值班充满了期待。

第十六章

比上班还忙

国庆节这天可真是把郁风忙翻了，他刚到居委会就接到电话，励志里大厦2门11楼居民说，11楼楼道的声控灯坏了，过节大家进进出出的，黑灯瞎火影响出行安全。郁风将居民反映的情况发到励志里社区照明维修群里。五分钟后，负责维修的尤师傅回复，他在家休假了，40分钟后赶过来修。

郁风接杯水的工夫，听到一个居民喊："居委会有人吗？"郁风端着杯子一路小跑，嘴里忙不迭地答应着："不好意思，您稍等，我马上来！"女居民来咨询给新生儿上保险的流程，郁风详细地问了居民的户口所在地、电话、新生儿出生信息等，然后告诉她，等开班后会有专人回电告诉她办理流程。女居民走后不久，郁风收到方菲微信，让他去小区巡视并注意国旗悬挂情况。郁风用粉纸打印了一张居委会公用手机号码，写明值班人员正在巡视小区，让居民有事联系，贴在门玻璃上，揣上公用手机，骑上共享单车就走了。

这天路上的行人不多，很多店铺关了门或贴着招租的纸条，人们都穿戴严实、行色匆匆。秋风萧瑟，落叶满地，车轱辘压在落叶上的声响搅得郁风心绪不宁。他一边骑着车，一边抬眼看向一扇窗。妈妈今天在家吗？她在做什么？是否一切平安？后来，他又想到了朱奶奶，一会儿回去得看看监控了。巡视了一圈后，他回复方菲："小区一切正常，楼门口及店铺门口的国旗均已悬挂且无破损，请方书记放心。"后面还附了好多张他用手机拍的小区内情况和国旗悬挂情况的照片。方菲马上回复："好的，辛苦了！"郁风回到居委会后，已经有一个女居民在院里等候了。郁风解释说自己去巡视社区了，一边开门一边问她要办什么事。女居民一进来就柳眉倒竖，责难说怎么大白天的居委会落锁了。郁风说今天是国庆节，只有他一个人值班，去外面巡视只能锁门了。女居民撇撇嘴说："我遇到困难了，你给我解决吧。"郁风的心里"咯噔"一下，他蓦地想起了李建涛，心想可别再来一个有房产纠纷赖上自己的，赶忙问她住在哪里。女居民说："我九月中旬刚在励志里大厦2门买了1401室，我今年62岁，是独居老人，我遇到困难需要居委会帮我解决。"郁风记下了她的信息，然后问她详情。她才哩哩啰啰地说起，她的手机出了问题。郁风心中的大石头这才落了地，然后告诉她，手机是哪个牌子的就去哪个品牌的售后解决。

"我刚从店里回来，售后说是我自己的问题，不给解决。"这回郁风彻底郁闷了，手机售后都不给解决的问题，他又能怎么办呢？见郁风不说话，女居民把手机给他看，告诉她自己换了新手机，但是微信登录不了了，因为不记得密码，输了几次都不对，关键是微信好友都在列表里，微信钱包还有几百元钱，这可急坏她了。郁风总算是听明白了，他接过手机，三下五除二帮她找回了密码，还帮她改成了好记的密码，并记在她的手机记事本里。女居民这才连声道谢、喜笑颜开地走了。

郁风终于得空喝了半杯水，他来到监控室，认真地看起监控，可惜的是，出小区的人里，并没有朱奶奶的身影。一晃就到了中午，郁风泡了碗方便面，又加了一个卤蛋和一根双汇火腿肠，才勉强填饱肚子。他刚吃完饭，爸爸就发来微信语音，让他国庆节期间不要在屋里闷着，多出去走走，给领导和同事们买点儿小零食搞好关系。听着爸爸用家乡话叮嘱他，郁风想起入职后的种种遭遇，好不容易才忍下了即将夺眶而出的泪水。他回复爸爸一个笑脸图片，父子间很多时候不用多说什么，懂的都懂。

下午两点多，郁风接待了一个来借轮椅的中年男居民，起初他都不知道居委会有可供居民短期借用的轮椅。那个居民说之前在电梯里看到邻居推着从居委会借来的轮椅，才找来的。他儿子前几天踢球不慎骨折，术后要定期去经天医院换药、复查，便来借轮椅。郁风见他说得恳切，赶紧给负责残疾人工作的社工孔令榕打电话，得到的答复是，轮椅在居委会的仓库，如果车胎没气，仓库里有气管子可以充气。需要居民带身份证原件，复印留档，然后再从她办公桌中间的抽屉里拿借条模板，让居民照着手写借条，最后交100元押金，待轮椅完好无损归还时便会退钱。郁风认真地记好步骤，按照孔令榕的指示干了起来。男居民道谢后推着轮椅走了，郁风将他送出居委会大门，内心感到很有成就感。

后来，陆续来了好多人，其中有来取居委会坏了的打印机回去修理的维修人员，替上高中的孩子来申请周末进行社会实践的一对夫妻，户口在励志里广苑楼但人在东河区住、想咨询低保政策的人，郁风给方书记打电话确认了哪台是需要维修的打印机，其他来访则按照流程逐一登记，告诉居民开班后会有专人回电，并以极大的耐心安抚了那个一进来就骂骂咧咧说他失业了没人管没人问，都快吃不上饭了的想办低保的人。等到郁风坐下来喝剩下半杯早已凉透的水的时候，已经下午四点多了。

当郁风再次看监控的时候，眼睛兴奋地睁大了。下午1：45，朱奶奶拉着老年购物车出了小区。郁风赶紧定格画面，见那个购物车鼓鼓囊囊的，因为有布盖子，不知道里面有什么。郁风赶紧打派出所电话，跟值班民警谎称朱奶奶患有阿尔茨海默病，家属国庆节期间不能陪她，但又担心她走丢，便拜托郁风和白溪关照一下她。因为下午居委会来访的人多，现在才得空看监控，让民警调取所里的监控看看朱奶奶一路都去了哪里。15分钟后，民警回电话说，朱奶奶出小区后就一直往东走，但后面有一段路的监控摄像头坏了，节后才能修复，看不到她去了哪儿。郁风问在最后的画面里，她是不是拉着一辆鼓鼓囊囊放着东西的购物车。民警说是，还说她好像挺紧张那购物车的，时不时就会停下来看看。

郁风听后差点儿拍案而起：“有问题，绝对有问题！”

第十七章

古怪购物车

民警被郁风突如其来的喊声吓了一跳，愣了几秒后说如果需要持续跟进，他会向所长汇报，并可以安排后面六天值班的民警盯着监控。郁风想起自己答应过白溪的事，便说他得向方书记汇报，如果需要跟进会再打电话。随后，郁风拨通了白溪的电话，把他的发现和民警的发现说了，白溪只问了一句："现在朱奶奶回家了吗?"郁风挠挠头，他还真忽略了，正要继续看监控，白溪说："你给朱奶奶家打电话试试。为防止她听不见，多打几次。"郁风心想还是白溪遇事沉稳，于是拿起她桌上的居民信息底册，找到朱奶奶那一页，但打了三次都没人接。他告诉白溪，朱奶奶好像不在家。白溪让他别管了，收拾一下准备下班，等她最后一天值班时再查监控。郁风这才看了一眼墙上的挂钟，竟已经下午5点23分了。

没想到的是，郁风下班回家的路上，恰巧遇到正往家走的朱奶奶。郁风一个急刹车，大叫一声“朱奶奶”，引得路人纷纷侧目。朱奶奶见是他，笑着打招呼，还问他国庆节怎么也没休息。郁风说他刚值完班，还问朱奶奶去哪了。朱奶奶说去超市买了点儿东西。郁风这才发现她另一只手上拎着一个半透明的大购物袋，隐约可见里面的零食包装袋。

郁风让朱奶奶把购物袋放到他骑的共享单车车筐里，朱奶奶夸他热心肠，郁风一低头，确认了袋子里都是零食。他推着车和朱奶奶并肩走着，走到楼门外时，朱奶奶让他赶快回去歇着，她自己能上楼。郁风则快速锁好车，坚持要送她上楼，朱奶奶推辞不过，只好答应了。

上楼门外的坡道时，郁风顺势要帮朱奶奶拉购物车，她却拒绝了，说他只要拿好袋子就行，年轻人不会拉老年人的购物车。正好这时有几个居民从楼门里出来，让朱奶奶和郁风快走几步，要不电梯就上去了。朱奶奶加快了脚步，为避免引人注目，郁风只好拎着袋子跟上。

好在电梯仍停在一楼，朱奶奶按键后，电梯门打开了。电梯上到三楼，朱奶奶说家里没顾得上收拾太乱，谢绝了郁风想进去坐坐的提议。不过朱奶奶从袋子里拿出一盒经天著名的林士起巧克力给郁风，让他尝尝。郁风说自己不爱吃甜的，没有收。

两人在三楼电梯处告别，目送着朱奶奶的身影，郁风很想趁她开门时冲过去抢购物车，但又怕闹出的动静太大会惊动邻居。只好等朱奶奶进门后，悄悄地来到她家门前，但侧耳倾听了半天，都没有听到对话声，只得心有不甘地乘电梯走了。

等郁风回家后，才发现尤师傅早上9：35在群里“@”他说2门11楼的灯修好了，而他忙得晕头转向，根本没顾得上看。他想了想，加了尤师傅微信，待他通过后，解释了自己一直没回复的原因，并说了几句客气话。随后，他给白溪发微信简单说了下班后的巧遇和朱奶奶的反常表现。白溪回复表示感谢并说她值班时会跟进。又过了几分钟，她转发来几个小紫书的帖子，都是经天市的网红打卡地，说今天辛苦他了，有空多去逛逛吧。郁风打字回复道：“能请你当我的向导吗？”但犹豫了一下，他还是将整句话删掉，只回复了“谢谢”。

接下来的几天，郁风每天都睡到自然醒，简单地吃点儿东西后，不是看考研英语，就是看好莱坞经典电影。每到夜幕降临，他就捧着一本相册坐在沙发上看，随着手指的慢慢翻页，他时而笑容满面，时而郁郁寡欢。6号晚上，当他照例翻看相册时，一张照片掉在地上，照片上的女子唇红齿白、明艳动人，他赶紧捡起这张妈妈年轻时候的照片，重新放回相册。

7号那天，郁风总感觉心神不宁，他时不时拿起手机，但一天都没有等到白溪的电话或微信。晚上他实在忍不住了，便给白溪发了一条微信，问她第一次值班感觉如何？白溪发了个哭泣的表情，然后说这一天太充实了，租户房子漏水的、宠物丢了来居委会看监控的、因复印店关门来居委会给孩子打印卷子的、退休党员转组织关系的，简直比平时上班还忙还累。郁风表示深有同感，宽慰了她几句后，问她朱奶奶的事怎么样了。白溪说她趁中午没人来访，仔细查了监控，除了国庆节那天，其他几天朱奶奶都没出去。她怕朱奶奶出状况，给她打电话问候，问她这几天怎么样，她说这几天基本没怎么下楼，过节了菜都比平时略贵，她节前就趁着超市促销，买了一些挂面、鸡蛋、罐头，还储备了一些好存放的蔬菜，等节后再下楼买菜。

郁风听罢更觉得诧异了，他回复白溪，照理说朱奶奶这么节俭，会买那么多小孩子爱吃的零食吗？就算零食保质期长，她一个人也吃不了那么多啊。那些零食是买给谁的？她的购物车里究竟藏着什么秘密？放下手机，郁风不禁联想到曾经看过的外国电影中那些囚禁、虐待儿童的情节，他想了一会儿便使劲摇了摇头，实在是很难把那些犯罪现场和满头银发、表情慈祥的朱奶奶联系到一起。

这时，微信提示音响了，郁风看到白溪发来的微信："世上的每个人都有自己的难言之隐，更别提一个饱经风霜、独自生活的老人了。我觉得现阶段咱们还是不要轻举妄动，等有实质性的证据再联系朱奶奶的家属吧。"郁风想了想，也只能这样了，虽然他感到事有蹊跷，但还是按捺住了想一探究竟的好奇心，与其说他相信朱奶奶，不如说他相信白溪。

放下手机，郁风回味着白溪刚刚说过的话，觉得她虽然年纪不大，却好像能洞悉一切。如果他们不是一直在说朱奶奶的事，他绝对会以为她知道了他来经天市的原因。他背井离乡确实是有难言之隐的，那么白溪呢？她的很多言行不禁让他揣测，难道她也是有秘密的人？

就在郁风做好了配合白溪与朱奶奶打“持久战”的心理准备时，他绝不会想到真相会揭开得那样猝不及防，而且还是因为他……

第十八章

扎心的真相

8号的晨会上，社工们轮流汇报着自己值班那天巡视小区的情况和接待群众来电来访的情况，以及后续的对接事宜。郁风赫然发现，就数他和白溪值班时最忙，但他安慰自己，小时候妈妈经常教育他“多学多干、出力长力”，他这也算是听妈妈的话了。散会后，方菲让白溪整理“创文”的相关档案，郁风便独自带着巡逻队的居民志愿者们去社区巡逻了。

一行人首先来到励志里大厦1门，然后是2门，两个楼门一切正常，在他们正要前往广苑楼的时候，因为拍巡逻照片走在最后的郁风无意中听到两个大娘的对话。“你听说了吗？隔壁小区有丢小孩的，听说是个三四岁的小女孩。”“这年头儿还能把孩子丢了，家长的心可真够大的。”“听说是小孩的奶奶跟一个邻居聊天，一转眼的工夫，正在不远处一边玩一边吃着零食的孩子就不见了。”

郁风听罢瞬间联想到一个人，不会这么巧吧？难道真的是……巡逻结束后，郁风面色阴郁地回到居委会，他找到正在居委会档案室整理档案的白溪，跟她说了巡逻时听到的事，说等白溪不忙时，两人去一趟朱奶奶家。“你听说过‘三人成虎’吗？不要听到一点儿风声就无限联想好不好啊？”“我知道朱奶奶是你网格的居民，但种种迹象表明她肯定有问题，我既然知道了就不能坐视不理，而且不管到底是怎么回事，你不觉得越早发现越早解决更好吗？”见郁风都这么说了，白溪也不好意思再反驳他，毕竟他也是一片好心，而且国庆节那天他在那么忙的情况下还看监控并送朱奶奶回家，白溪便答应过一会儿和他一起去朱奶奶家。

上午10点30分，两人来到朱奶奶家门前听着动静，不久却听到朱奶奶严厉的声音：“我待你这么好，你这孩子怎么还这么不听话呢？你要是再惹我生气，我就把你丢到上次带你去的动物园喂老虎！”“呜呜呜，对不起，奶奶我错了……”郁风和白溪对视了一眼，郁风指了指电梯的方向，白溪会意，与他来到电梯处。“你听到了吧？这还不算证据吗？你回去赶紧给朱奶奶女儿打电话，让她开门看看吧。”郁风压低声音说。白溪点了点头，两人一起回去了。

虽然郁风中午极力劝说白溪联系片警儿，但白溪坚持觉得一切还只是猜测而没有实证，不宜声张。下午两点半，朱奶奶的女儿吴倩和女婿储洪军匆匆开着车赶来。白溪和郁风早就守候在楼栋门口，做了简单的自我介绍后，四人一起上楼。吴倩用钥匙开了门，在卧室的朱奶奶听到动静问："谁啊?""妈，我和倩倩回来看看您!"储洪军说。"我午睡刚醒，你们等会儿，我穿好衣服。"一阵窸窸窣窣的声音过后，朱奶奶满面欢喜地出来了。"你们怎么突然回来了？咦，小郁和小白怎么也来了?""朱奶奶，我们下网格正要敲您家门，正好遇到吴大夫和储大夫，就一起进来了。""好啊，好啊，我家里还是第一次来这么多人。倩倩，快去给客人沏茶。"吴倩答应着去了厨房，储洪军拉着朱奶奶的手，一起坐到沙发上。"妈，最近您身体怎么样？每天量血压了吗？我给您买的辅酶Q10您按时吃了吗?""哎呀，洪军啊，你说你们好不容易才回来一趟，你怎么还是三句话不离本行呢？你们多回来看看我，我血压就不高了，什么药也都不用吃了。"这时，吴倩端着两杯水出来，让郁风和白溪坐下喝水。

吴倩趁妈妈和丈夫说话的工夫，去了厕所，重回客厅后，冲着白溪摇了摇头。这时，郁风的电话响了，见是座机号码，他赶紧去阳台接，一听是推销商业保险的电话便挂断了。当他从阳台走回客厅，经过敞开着门的卧室时无意中瞥了一眼，他看到双人床上除了朱奶奶的枕头和被子，旁边还有一个枕头和被子，而且被子裹得严严实实的，看那样子，里面好像躺着个小孩!

郁风激动地大叫："孩子，孩子在里面!"朱奶奶闻言一惊，吴倩和储洪军对视一眼，白溪刚站起来，郁风就冲进了卧室，猛地一把掀开了被子，还发出"啊"的一声叫喊。客厅的四人先后进了卧室，见郁风僵立在床前，白溪凑过去看，却见被子里是一只土黄色、洗得有点儿发白的绒毛玩具狗。

吴倩拿起玩具狗看了看，转过头对朱奶奶说：“妈，这不是我18岁过生日时，您买给我的吗？搬了几次家我还以为弄丢了，原来您还留着呢！”郁风听罢脸上烧得厉害，却又不知该如何自处。吴倩见状搀着母亲出了卧室，五人一起回到客厅沙发上坐定。

在女儿女婿的不断追问下，朱奶奶不好意思地说起近两年女儿忙于工作总不回来，因为女儿属狗，她就一直精心保养那个玩具狗，时间长了竟然寄情于它并跟它说起了话，还捏着嗓子装成女儿小时候说话的样子和自己对话，有时还会带玩具狗出去逛公园、逛超市，给它缝花衣服、做小鞋子，还买来各种女儿爱吃的零食，并让玩具狗陪她吃饭、吃零食、看电视、睡觉……

“妈，您别说了……”吴倩抱着母亲哭了起来，储洪军的眼圈也红了。白溪悄悄地拉上郁风离开了，等电梯的时候，储洪军过来向他们道谢，还说让他们费心了。这两年医院里病人很多，他们忙得连自己家都很少回去，更别提来看岳母了。而且岳母基础病较多，他们也怕不慎带来病菌，连累她。但不管怎样，老人出现这种情况，他们要负很大的责任，他们会多给老人打电话，并对她进行心理疏导，还请两人对外保密，给老人留点儿面子。

两人答应了。白溪随后对储洪军说：“朱奶奶没事就好，您二位这两年很不容易，对此我们非常理解。平时我们会对朱奶奶多加关注，您放心吧！”见郁风一直低着头不说话，储洪军拍着他的肩膀说：“小伙子，我岳母的情况搁谁都会误会，你也是出于好心，我们不怪你，你别放在心上。”郁风依然不好意思地低下了头。电梯到了三楼，储洪军坚持送他们下楼，直到送出楼门才挥手告别。

第十九章

在家丢衣服

郁风和白溪回到居委会时，负责残疾人工作的孔令榕说有居民在会议室等他们。二人见是一位老年妇女，却是陌生的面孔。“你们是1门的网格员吧？我在楼道里看过你们的照片。我是11楼1101室王旭的大姐。”白溪想起来了，62岁的王旭是独居的智力三级残疾人，他的两个姐姐每人一周轮流给他送饭。白溪两次下网格见到的都是二姐，这还是第一次见到大姐。

“大姐，您找我们有什么事？”白溪客气地问。“我弟弟家丢东西了！”“丢了什么？王师傅没事吧？”“昨天我来送饭，我老头儿打电话说他出去忘带钥匙，进不去门了，催我赶紧回家。我走得急，把外套落下了，那是去年‘十一’我儿子结婚那天我穿的，总共没穿几次，挺贵的。”大姐越说越快，脸都气得涨红了。“您的外套在您弟弟家不见了？”“对啊，我满屋子都找遍了，就是找不到，问我弟弟，他说没看见。”“您昨天除了去您弟弟家，还去过哪里吗？”“昨天中午我去广州商城买东西，正好赶上羊毛围巾促销，商家说戴上拍照片发文案到朋友圈，才能享受特价。我拍照时还穿着外套，一直到来我弟弟家才脱下的，肯定错不了！有时候我弟弟嫌家里热，白天不爱关门，备不住是哪个手欠的趁着他去厕所，进客厅顺手抄走了。”大姐边说边拿出手机给白溪看，白溪用自己的手机将她穿着外套的那张照片拍下来，让大姐别着急，有时候越是着急找越是找不到，明天她下网格时问问11楼的邻居们是不是看见了。

大姐又唠叨了几句，说之前还丢过保温杯、饭盆、充电宝，小小不言的她都没来找过居委会。还说像那种乘人之危、去一个残疾人家里偷东西的人应该严惩，然后便气哼哼地走了。郁风鄙夷地说：“什么人啊！自己弟弟邋遢不爱关门，东西找不见了赖邻居，这年头儿谁稀罕别人穿过的衣服、用过的旧东西！你可千万别去问，回头衣服没找到，再得罪了居民！”“我是安慰她的，但我下网格时发现王师傅盯着我的衣服看，我在想会不会是他把衣服收起来了，明天下网格时我试着问问他。”“王旭盯着你衣服看？这一家子都是什么人啊！简直是变态啊！”“王师傅是智残，怎么能拿他和普通人一样看待！倒是你，外国电影看多了吧？怎么总这么爱联想？明天咱俩去他家时你可别像今天一样冲动啊，要不然以后我都不敢和你一起下网格了。”

郁风感到脸又发烫了，他想辩解，又不知该说什么好。白溪有心想安慰他，但又怕他明天重蹈覆辙，便欲抑先扬地对他说："我知道你是对事不对人，迫切想找出真相的心是好的，但是你能不能注意方式方法，别总冒冒失失的。"郁风一怔，当初他为挨批评教育而难过时，雷斌就是这么说他的。现在同样的话又从白溪嘴里说出来，郁风感到很沮丧，虽然两件事不是同一件事，但他怎么能因为同一类错误而跌倒两次呢？虽然被白溪数落得有些不自在，但他还是决定好好反思自己，力争以后做得更好一些。

转天一早，白溪去街里领"创文"宣传海报，经过垃圾转运站时，发现一个环卫女工脱下工作服露出了里面穿的衣服，白溪本来都骑车过去了，一个急刹车停下来回头看，然后又掏出了手机。

确认之后，白溪骑回到环卫女工身边，夸她穿的衣服很好看，问她是从哪里买的。环卫女工看了看白溪，神态自若地说是朋友送的。白溪问她，认识励志里大厦11楼1101室的王旭吗？环卫女工愣住了，白溪掏出手机给她看，说昨天下午王师傅的大姐来居委会反映，外套放在弟弟家不见了。环卫女工连忙说："王旭说这是大姐不要的衣服，他才拿来送给我穿的。"白溪看她的样子不像说谎，一眼瞥见她环卫车上的保温杯，试探地问："她姐姐说，还发现保温杯、饭盆、充电宝也不见了。"环卫女工听罢从车里拿出保温杯，还拿出一个包，从里面掏出了饭盆和充电宝，带着哭腔说："这些都是王旭给我的，他说是她姐姐给他的，他也用不着，就送我了。我说的都是真的，不信你去问他。"

白溪接过那些东西，环卫女工把外套也脱下来给她了。白溪让她留下电话号码，说一会儿去问问王师傅，如果情况属实，再看看这些东西该怎么处理。女环卫工留下号码后开着环卫车走了。

白溪回到居委会将海报贴到宣传栏后，让郁风一起下网格。郁风见她骑的小蓝车车筐里放着的满满当当的东西，诧异地说："你不是去街里了吗？怎么还顺路'破案'去了？"白溪说："一言难尽，你跟我去一趟就知道了。"

两人敲开了王旭家的门，郁风瞬间想起来，这不就是那个叫雷斌"雷骗子"的人嘛！只见客厅的圆桌上，摆着吃剩下的豆腐脑和半个烧饼，旁边还摊着很多识字卡片。"王师傅，您这么早就忙着学习哪？"白溪笑着问他。"嗐，这些都是伯伯（BāiBāi）教我的，我得经常看，要不然就忘了。""王师傅真厉害，认识这么多字。我们今天来也是想让您认一些东西的。"一直站在白溪身后的郁风说着就将抱着的那四件东西放在桌上。

王旭转了转眼珠说："看着眼熟……我想不起来了。"白溪将手机里大姐的照片给他看，并说："要不然您再仔细想想。""你们到底是什么意思！"王旭突然退后几步，愠怒地瞪着两人。"王师傅别激动，是您姐姐昨天非常着急地找到我们，说她的衣服和给您的三样东西丢了，要不我们也不会来问您。"郁风辩白道。"既然找到了，就放在这儿，你们走吧。"郁风还要说什么，白溪拉着他走了。

"你拦我干什么？你也不问……"郁风急切的话语被白

溪打断了。“问什么？既然他承认东西是他的，就没咱们的事了。”“那他姐姐那边怎么办，他要是把东西扔了，或者不告诉她你帮忙找回东西，她姐姐再来找咱们怎么办？”“刚才我录音了，如果她姐姐找来，我放给她听。不过我想不会发生这种事的。”白溪胸有成竹地说。

第二十章

治标又治本

转天中午，两人下完白溪的网格正要往回走，雷斌给郁风打电话，让他们赶快回来。郁风心里“咯噔”一下，心想别又是李建涛来了。刚进居委会，就听到里面吵成了一锅粥。郁风赶紧跑进会议室，却见王旭的大姐扯着一个环卫女工的头发作势要打。方菲和几个女社工上前劝着，郁风毕竟是男的，一时不好近前。白溪叫了一声：“大姐，有话您好好说，别动气！”她听罢松了手，对白溪说：“白同志，我每天都是下午给王旭送饭，今天家里有事，中午做好了给他送来，你猜怎么着？我看到这个不要脸的女人竟然拿着我的衣服，还有之前丢的那三样东西在和我弟弟说话。”“你说谁不要脸呢？这是你弟弟硬要给我的。”女环卫工辩解道。“你和我弟弟是什么关系？他凭什么把我的衣服和我给他的东西给你？你这不是不要脸又是什么？”大姐又要扑上去打人，被方菲等人合力拉到一边。

“大姐息怒，昨天我和郁风去找王师傅了解情况了，这里边有误会，您别着急，我们跟您回去问问王师傅，就真相大白了。”“这里边能有什么误会？我弟弟懂什么？明摆着就是这无耻的女人欺负一个残疾人！”“大姐，我们答应了替王师傅保密，您就听白溪的，我们陪您回家听听王师傅怎么说吧。”郁风在一旁劝道。众人也七嘴八舌地相劝，最后方菲和女社工们安慰女环卫工，白溪二人带着那三样东西和衣服陪王旭的大姐一起回去。

三人进得家门，王师傅见状冲他大姐喊道：“有什么事你冲我来，带他俩来干什么？”“我跟你说得清楚吗？要不是今天让我撞见了，回头你把整个家都给人了我都不知道。”“你瞎咧咧什么，我就是看云秀天天在外面风吹日晒的不容易，才把家里不用的东西给她了。”“你不用，我给你就别要啊。再说我的衣服落下了，不是给你的，你凭什么没经我同意就给她？”“那衣服你穿着根本就不合适，肚子上的肉都显出来了，好几层褶子。”“衣服穿在我身上，我就愿意穿，你管得着吗？”听着姐弟俩的唇枪舌剑，郁风和白溪本来是想了解情况的，但现在却走也不是留也不是了。

“你这个败家子，我和你二姐每天辛辛苦苦照顾你，你连一句客气话都没有，竟还把东西给一个外人，你有没有良心？以后你有个病痛还不是指望我和你二姐照顾你，还能指望那个扫马路的照顾你吗？”“你别说得这么难听好不好？云秀干的是正经工作，五冬六夏她连个歇脚儿、充电、喝水的地方都没有，我真觉得她不容易。你不喜欢我给她东西，我不给了还不行吗？”“她把东西退给你，你不还是要给她吗？叫我还怎么相信你呢？”“不是还有他们俩吗？他们俩当证明人，我保证不给了。”王旭终于把目光转向了郁风和白溪，两人虽然无奈，但又不好拒绝，只能点头。

郁风和白溪又安抚了姐弟几句，见没事了就告辞了。大姐出去送他俩，等电梯时，白溪问道：“我们昨天早上来的时候，王师傅正在看识字卡，他认识一些字？”“我弟弟上小学时查出智力有问题，学习太吃力，老娘宠他，就由着他退学了。好多年前我无意中发现他认字了，问过他，他说是这里的伯伯教他的，但说不清人家住哪儿，我还想着等有机会遇见了谢谢人家，可是后来我弟弟说他不在这儿了，估计是搬家了吧。”大姐刚说完电梯就来了，白溪、郁风进去了。“这楼里热心人还是挺多的，比如朱奶奶的邻居们，那个做好事不留名的伯伯，还包括关心环卫女工的王师傅。”郁风感慨道。“你之前不是还怀疑王师傅人品不好吗？”白溪问。见郁风有些不好意思，白溪又说：“看人不能只用眼睛去看，表面现象最具有迷惑性，还是要看细节，同时还要站在对方的立场想问题、看问题。”“白童鞋教育得对，遵命！”郁风耍贫嘴道。

两人回居委会后向方菲汇报了整件事情的来龙去脉。“王师傅是老居民了，人挺善良热心的，居委会前几年搞活动，他常来。他是你网格的重点户，平时要对他多关注。”白溪点了点头，第一次发自内心对方菲的话表示认同。白溪说她观察和了解到王师傅认识一些字，1门巡逻队的赵贺乾师傅最近脑梗住院，家属说以后都没法儿巡逻了，如果方书记同意，她再问问巡逻队其他成员能不能让王师傅加入，让他多接触一下外界，他姐姐们也能省点儿心。方菲想了想说：“他智力差点儿，说话咬字不清。不过人倒是挺开朗的，身体也还硬朗，加入巡逻队应该没问题，你问完巡逻队的人意见，再跟他和两个姐姐说好，要是都没问题了就让他加入吧。”

小办公室里只剩方菲一个人时，她将近几天发生在王旭家的事和解决办法写在工作手册里。合上本子后，她突然想到，要是能设立为户外劳动者提供服务的场所该多好？

与方菲的想法不谋而合的是，区总工会为给以辛勤劳动助力经天首善之区西河建设的户外劳动者们提供暖心服务，在银行、居委会等处建成了15家户外劳动者服务站并配有醒目的标识牌，年底将建成130家。每个站点均配备饮水机、微波炉、药箱、桌椅、手机充电设备等，为环卫工人、外卖配送员、出租车（网约车）司机、快递员等户外劳动者无偿提供服务，解决他们饮水、就餐、休息、如厕等问题。励志里居委会也是其中的一个服务站。云秀和同事们从此有了歇脚的地方。

王旭加入了1门巡逻队并很快成了队里的“开心果”，他无心或故意说出的话总是逗得其他队员哈哈大笑，大家都很喜欢爱说爱逗的他，还有人悄悄问他想不想找个伴儿。后来励志里的社工们发现，王旭隔三岔五就带着杯子来打水，问他怎么回事，他说居委会的水甜，而且还和一个环卫女工相视而笑，别人不解其意，他的“小秘密”也就只有郁风和白溪知道了。

第二十一章

各说各的理

10月11日下午，郁风正在整理卫生清整台账，综治主任冼海亮冲他挤眉弄眼地说："嘿，找你的!"郁风猛一抬头，手一抖，笔差点儿掉到地上，他紧张地问："李师傅，您怎么来了?""瞧你这话说的，来居委会还要提前预约吗？我昨晚才从通南赶回来，今天自然得来找你了！走吧，老唐打电话让我过去，你也跟着走吧。"郁风不敢耽误，赶紧跟他出去了，打水回来的白溪看到他们的身影，放下杯子也跟了上去。

雷斌听到动静，从小办公室出来扒头儿，冼海亮也出来了，俩人打了个照面。"雷哥，要不我也……""不要小看现在的大学生，你还是忙你的去吧。""得嘞，您哪!"

老唐警官告诉他们，李建涛的姐姐李建敏说，她小时候可疼弟弟了，同学给她块糖，她都得分一半给他。但没想到他这么多年在外地，把老娘丢给她一个人照顾，老娘刚倒头就违背当初的约定和她争遗产，她和丈夫是为保护自己的利益，迫不得已才把蛮不讲理的他赶出去的，而且还拿出了她在老娘生前照顾老娘的照片和视频。

“青天大老爷可得给我做主啊！”郁风一听这话，本能地想去扶李建涛，但发现他根本没跪。“我姐姐就是说一套做一套，天生是个演员，她还真有脸提小时候的事，那块糖她没吃过，不知道好不好吃，才给了我一半让我先吃，我说好吃，她马上放嘴里了。再说了，那可是她亲娘啊，照顾亲娘还用拍照片和视频，这不是作秀是什么？但凡她心里没愧，今天就应该坐在这儿跟我对质，而不是让人传话。青天大老爷，养出这种不孝女真是我老娘的不幸啊，我就是不为自己，为了老娘也得跟她争到底！”李建涛义愤填膺地说。

老唐警官虽然听他翻来覆去地说为了老娘而争，但还是好心劝道：“老话说得好，伤敌一千自损八百。你老娘只有你们两个孩子，你们这样互不相让、斗个你死我活，最后落得一个为了房子不念亲情的名声值得吗？你们这样来回扯皮，拖个三年五载非但什么事也办不成，反而会激化矛盾，使事情更加复杂。你一个大老爷们儿算不清里面的账吗？”

听老唐警官说得入情入理，李建涛的心思也活络了，他马上就问道：“还是青天大老爷见多识广，依您看我们这种事最直接有效的解决办法是什么呢？”“甭管这事谁对谁错，你是男人先退一步，放低姿态去找你姐姐，伸手不打笑脸人，然后再跟她当面锣对面鼓解决问题。你可以跟她提一下你的想法和要求，看看能不能协商解决。”老唐警官的分析有理有据。“我去找她?”李建涛很是不忿，但转念想了想，也只有以退为进才能解决问题，于是说:“要是我姐姐拒不见面怎么办?”“你们总归是亲姐弟，给台阶下也是互相的，而且你们都有家庭，虽然你常年在外，但是和你的问题一天不解决，恐怕你姐姐也担心日后会有隐患。所以你要相信，她和你一样甚至比你还想早日解决你们之间关于遗产的争议问题。”

“那好吧，明天我去找她，老唐警官，还有你们两位一起陪我去吧。”就算他不提这个要求，郁风也想跟去看看，更别提他开口了呢。郁风这才猛然惊觉，自己上大学的时候还是个遇事躲着走、不爱掺和事儿的人，怎么如今才上班没几天，就变得这么爱管闲事了呢?也不知是工作环境改变了自己，还是自己渐渐融入了环境?

转天早上九点多，三人陪着李建涛一起来到永福林街，与该街“调解工作站”的负责人老乔会合。五人一起驻足在一楼门前。郁风不禁回想起自己和白溪救火的往事，心中一时百感交集。

门开了，那天在医院里给了郁风一沓钱的大汉把他们让进了屋。李建涛嘴上喊着“姐夫”，却不敢跟他对视。进屋后，只见李建敏阴沉着脸坐在客厅茶几后的沙发上。她丈夫搬了几把椅子让众人坐，随后坐在妻子身边抱着胳膊不说话。

互相打了招呼后，李建敏看了看郁风和白溪说:“你们怎么来了?”老唐警官介绍了他俩的身份，李建敏不屑地对李建涛说："你本事见长啊，一回来就折腾出这么大动静，又是上电视又是送锦旗的，还把救咱老娘的俩人找来给你撑腰，不就为了来争我的房子吗？既然你不嫌难看，那我也不嫌。我今天就把话给你撂这儿，这房子从你决定抛家舍业去外地那一刻起，老娘就给我了，你没有在老娘床头尽孝过一天，凭什么她刚倒头，你就兴师动众来我家争房子？"

"我来找你不是我理亏，也不是仗着人多势众，我就是想跟你和平解决问题。按理说我是咱家唯一的儿子，我儿子更是咱老李家的根儿，房子应该归我，但我念在咱们的姐弟情分，还有你照顾老娘很多年的份儿上，愿意跟你平分，你要是同意，咱们该办什么手续就尽快去办，也好让老娘放心。"李建涛直捣黄龙地说。

"我呸！你生个儿子就有理了？你这么多年带他回来看过老娘几次？你们一家三口哪次回来不是两手空空哭穷找老娘要钱？老娘私底下贴补了你多少钱，别以为我不清楚！这些陈年旧账我先不跟你算，你这次回来安的是什么心？你敢跟你带来的这些人说吗？""我怎么不敢？老娘经常跟我抱怨你虐待她，我实在听不下去了，才请了长假过来陪她，谁知道她这么快就因为你照顾不当……"李建涛说着就掩面哭泣起来，郁风连忙上前劝他。

"演，接着演！你这天杀的不孝之子！火灾那天我是临时有事送饭晚了。那你呢？你敢不敢跟大家说你是几点下的火车，几点来的老娘家？你怎么能眼睁睁看着咱老娘在火海中却见死不救！如果没有这两个社工，你是要看着她活活烧死吗？就你这人品还有脸在这儿跟我争房子，要不是看在你是我亲弟弟的份儿上，我早就去法院告你八百回了！”李建敏义愤填膺的话让郁风等四人瞠目结舌。

第二十二章

谁也不退让

原来，担心李建涛因为老娘住院而找自己麻烦的李建敏以搞清楚着火原因为由，去齐福里居委会调取了楼门外的监控录像。她赫然发现火灾时，李建涛就在窗外，目睹了郁风他们救火的经过。两人随老娘上了救护车后，他对还没有撤出小区的消防队员说自己是老人的独生子，然后问了两个救火的人的名字。因为半年前，西河区给每个小区都更换了高清摄像头，不仅像素高清，而且抗噪。当李建敏把她拷到手机里的视频放出来时，郁风终于明白李建涛为什么会跟记者描述得那样绘声绘色了。但让郁风更为震惊的是，面对火灾，李建涛下意识做的第一件事却是向消防员撒谎，后来竟然还想办法找到他俩并一步步引他俩“入局”！

郁风原本还挺怵头面对这对五大三粗的夫妇的，没想到真是人不可貌相。相比之下，第一时间赶去医院的李建敏夫妇显得比李建涛靠谱儿多了。局面从此开始了逆转，李建敏顺利找回了自己的“主场”，开始向众人哭诉。她的女儿嫁给没有房子的“凤凰男”，起初老两口住客厅，把唯一的房间让给小两口。后来，为了缓解住房压力，李建敏和丈夫搬到老娘家住，两人一起尽心照顾老娘。两年后，女儿怀孕生子，婆家人太远过不来，李建敏就搬回去帮忙照看外孙，丈夫则每天守着老娘。但他不会做饭，总是买酱货、腌制食品、盒饭等，导致老娘吃得太油腻消化不好。李建敏发现后，得空了就给老娘送饭。无奈老娘的嘴已经让丈夫喂馋了。为保住老娘健康，李建敏狠下心给老娘做少油少盐的菜并严格控制食量，老娘因此对她生出怨怼，常向儿子诉苦，为了让儿子回来故意说得很夸张很惨……

见李建涛不相信，李建敏拿出了证据，那是一段母女之间对话的录音。“妈，我跟您说过多少遍了，您年纪大不能总吃那些不健康的东西，您消化不良吃了多少药、遭了多少罪不记得了吗？您怎么好了伤疤忘了疼呢！”“我就想吃酱牛肉、鸭胗、腌咸菜，你不舍得给我买就算了，你怎么还不让我女婿给我捎来？我已经把你不给我吃饱饭的事跟你弟弟念叨了，他说马上就回来找你算账……”

还得是李建涛反应迅速，他马上接口说道：“就算你有证据，就算是老娘骗我，但我也是因为孝顺才大老远回来的。我哪里想到经天火车站如今扩建得跟个迷宫似的，我是中午就下火车了，但我在里面绕来转去都迷糊了，好不容易才转出来，却让司机当个外地人那般戏耍，绕了好大一圈才开到小区。进来后我都傻眼了，又是绿地又是健身园的，家家户户的窗户和护栏也是统一的，我就跟‘刘姥姥进大观园’一样，好不容易才找到看着像咱老娘家的楼门，却发现着火了。我也说不好是不是老娘家，看了一会儿才确定，这时候这两个年轻人已经陪着老娘出来了。我是怕家里没人丢东西，才没有跟去医院，而对消防员表明身份的。那天你不是也和我说，是居委会的人给你打的电话，你和姐夫才去的医院吗？我守着家、你守着老娘不是正好吗？”

“你还真有脸说出这种话！你回来这一趟，还有什么目的，你不妨当着大伙的面儿说明白！”见李建涛不说话，李建敏更来劲儿了：“你不敢说是吧？我来替你说！你丈母娘不是突发脑梗死住院了吗？你为了给她看病，动起这房子的主意了，我没冤枉你吧？”

“你卑鄙无耻，竟然敢背地里调查我……就算是这样又怎么了，现在咱老娘已经不在了，但我岳母还有一线希望，我这么多年吃住在岳母家，现在老人家有难，我想拿钱救她难道不对吗？再说了，老娘的房子我有法定继承权，我只要我应得的那一半。”

“李建涛，你姐姐可跟你不一样，在医院她看你一直不想告诉弟妹老娘的事，就打电话跟她说咱妈不行了，让她带着孩子来见咱妈最后一面。弟妹这时才说她妈妈也在昏迷中，你姐姐还安慰了她半天呢。再说了，要救人你拿自己挣的钱救，你自己亲娘尸骨未寒，长姐如母，你跟你姐姐争房产救岳母，你还算是个男人吗？”一直作壁上观的姐夫终于一拍茶几，说话了。

李建敏接着“补刀”说：“你离家那年，老娘就和咱俩有言在先，我给她养老送终，房子给我，现在你为了你岳母回来跟我抢房子，我就是为了告慰老娘的在天之灵也不能把她一辈子留下的唯一一间房子便宜了外人，如果你非要争，咱们就法院见，你不是有证据吗？我也有证据！我有的是时间精力跟你耗。就算我不行了还有你姐夫，你姐夫不行了还有我闺女，我闺女不行了还有我外孙子，咱们走着瞧！”

听到这里郁风算是彻底服气了，这姐弟俩可真是如假包换的一家人啊！为了自证和自保拿出的证据、说出的话都那么令人咋舌，不去干私家侦探、律师，真是太埋没人才了。

永福林街“调解工作站”的负责人老乔劝道：“我听你们姐弟俩说了半天，各自的家庭都有一本‘难念的经’，都不容易。正因为这样，你们才更要互相理解，不要纠结于过去的是非恩怨，问题终归要面对和解决。现在房价不稳定，国家关于遗产的各种政策也会陆续出台，拖一天就麻烦一天，我劝你们不要感情用事，各退一步，早点儿协商解决吧。”

“我一直照顾老娘，房子是我应得的，我没什么好退让的！你还是劝他从哪儿来的回哪儿去吧！”“以前关于房子归属的口头约定根本就不作数。我有法定继承权，房子必须有我的一半，没什么好商量的，到法院我也是这话！”

眼见李家姐弟各执一词，老唐警官和老乔对视一眼，让他们再仔细琢磨一下老乔刚才分析的道理，便和郁风他们走了。

李建涛大概是怕姐夫跟他动粗，也赶紧走了。

对于这次调解的无功而返，郁风感到头都大了。老唐警官目光如炬，看到他愁眉不展，忙劝道：“不要有畏难情绪，人民调解工作就是任重道远，只要不怕麻烦、用对方法，哪怕是冰山都会融化。”

第二十三章

一手托两家

老唐警官和老乔商定，先分头做姐弟俩的工作，然后再合力调解。于是，郁风就和老唐警官去给李建涛做工作。李建涛起初一直求青天大老爷为他申冤，后来随着老唐警官的晓之以理动之以情，郁风也在一旁见缝插针地“助攻”，他嘴上便不再强硬。再后来他岳母住进ICU，他很着急，态度上也有了转变。

而老乔那边推进得却很慢。李建敏退休在家有的是时间，而且她一直认为理都在她这一边，还搬出了居委会，说他们能证明每次入户走访都是她在照顾老娘，在居委会底册上，李建涛只是空挂户口。

因为“创文”整档工作繁重，白溪无法持续跟进，郁风便成了主力军。好在老唐警官经验丰富，在一次次参与调解的过程中，郁风不仅了解了人民调解工作的流程和要点，而且积累了说话办事的经验。他买了《中华人民共和国民法典》在闲暇时翻看，并多次打电话请教田律师。田律师还打趣儿地问他是不是打算参加法考，转行做律师。

那天，励志里大厦的一个残疾居民卖了房子搬到齐福里，残疾关系也要随之转出。负责残疾人工作的孔令榕休年假了，郁风正好负责那个居民的网格，在协助办理转出残疾关系时，结识了和老乔一起负责为李建敏做调解工作的齐福里社工于晏萍。于晏萍在闲谈时无意中问起，郁风的社区有没有一个叫李建涛的居民。郁风眼睛一亮，说正是他网格的。没想到李建敏是于晏萍管的网格里的居民。两人就李家姐弟的遗产纠纷问题越聊共同语言越多。郁风一直“萍姐”长“萍姐”短的，叫得论年龄能当郁风姨的于晏萍心里美滋滋的。两人相约在保护当事人隐私的前提下，随时沟通两边的调解进展和当事人的情况。有了同道中人的支持，郁风心里这才有了底。

不参与调解的时候，郁风继续认真地干着本职工作，每周联系街里的车运送居民堆积在楼门外的装修工程土，配合街里的相关部署定期清理楼道堆物。虽然冬天来了，阳光不再那么强烈了，但因为经常跑外，他比上学时黑了不少，也瘦了一些。他总是一副与世无争、人畜无害的样子，跟同事们的关系也渐渐融洽了。同事们甚至悄悄议论，憨厚的郁风可比那个高冷范儿的白溪看着要实在多了。

郁风和白溪各自忙碌着，见面的机会也就剩下每天开晨会和带着居民志愿者去小区巡逻的时候了。郁风惊讶地发现，不知从什么时候开始，白溪竟然和王旭越走越近。以前王旭总是嘻嘻哈哈地走在巡逻队伍的中间逗大家笑，可是这几次他竟然都跟白溪走在队尾，而且和大家保持着一定距离。郁风很好奇白溪有什么话可跟王旭说的，但当他假装系鞋带试图探听两人说什么的时候，他们竟然默契地停止了交谈。

这天巡逻完回居委会途中，郁风终于逮到机会和白溪单独相处。他假装不经意地问道："我看王师傅一直在跟你说什么，他没事吧？""他挺好啊。"郁风欲言又止，白溪却视而不见。郁风百思不得其解，他也不知道从什么时候开始和白溪变得疏远了。突然，他灵机一动开了口："你曾跟我说'看人不能只用眼睛去看'，我现在觉得你说得真对！在医院那次，我对李建敏夫妇印象不好，后来看到李建涛的所作所为，感觉还不如他姐姐。现在才知道他姐姐也不是省油的灯，这姐弟俩可愁死我了。"

"你还记得那天在医院，李建敏找咱们讨说法吗？""怎么会不记得？幸亏你给她看了手机里的什么东西，她才罢休了。""我进屋后没有先救人，而是把屋内的环境、起火点拍照了，所以李建敏叫嚣时，我才能用照片堵住她的嘴。房子的事也是如此，照她的性格和脾气，肯定会揪住一点不依不饶，那就要看你能用什么办法打消她的气焰了。"

郁风感到白溪真是他的贵人，总能在他最困惑的时候点醒他。他让白溪先回去，在路边给于晏萍打了电话……于晏萍问他胜算有多大，他自信满满地说，照他说的做，调解成功就指日可待了。

果不其然，这下轮到李建敏着急了。她让老乔和于晏萍陪着，主动来找李建涛调解。郁风接到老唐警官的电话后，赶紧打电话嘱咐李建涛，这是老乔他们做了好多次工作才取得的成效，他可不能得意忘形，而是要见好就收，千万别到最后弄巧成拙，功亏一篑。“我说你这个小同志，现在可以啊，都教育起我来了。不过我承认，我是想着拿我姐一把的，不过听你这么说，我是得慎重点儿，别把到嘴的鸭子弄飞了。”

又经过四次调解，姐弟俩终于达成共识。因为房子是公产房，户主刘润菊已逝，姐弟俩的户口都在房子里，须先去公证处将房子过户到李建敏名下，然后将房子通过经房置换，在一年内完成置换，所得65%归李建敏所有，35%归李建涛所有。至此，人民调解委员会的调解协议达成，只需要当事人自觉遵守和履行了。

郁风请白溪吃饭，答谢她的提点让他醍醐灌顶，白溪好奇地问他跟于晏萍说了什么，才让李建敏不再执拗。郁风从包里掏出随身携带的《中华人民共和国民法典》，翻开一页指给白溪看：“我复印了一份让萍姐给李建敏，告诉她当年她老娘的口头约定不具有法律效力，根据新民法典，同一顺序继承人继承遗产的份额，一般应当均等。但是对被继承人尽了主要扶养义务或者与被继承人共同生活的继承人，分配遗产时可以多分，这对她是有利的。但是如果她把她弟弟逼急了走法律程序，不仅耗时耗力，而且难免会有变数，同时会产生各种费用，得不偿失。还不如省去那些繁杂程序，尽早达成共识，还能争取主动权。”

“就算李建敏同意，李建涛能善罢甘休吗?”“虽然李建涛觉得他得的太少了，但我一直劝他适可而止，毕竟他姐姐长期照顾老娘不容置疑，如果真闹到法院，也许他所得的比这还要少，而且错过了抢救岳母的最佳时机，很可能产生新的家庭矛盾。”

“一手托两家，行啊你！这都是跟谁学的?”白溪顿时对郁风刮目相看。“既然家家有本难念的经，那就得根据每家不同的经去念。”郁风有感而发地说。

第二十四章

天道有轮回

零点的钟声打断了郁风的回忆，他望向夜空里绽放的烟花。突然，手机铃声响了。郁风心里狂跳，莫不是妈妈打来的？但在看到来电显示时，他的表情难掩失落。

“郁风哥过年好……怎么，你还在巡视小区吗？”电话里传来秦雯雯娇嗔的声音。“谢谢小秦，今天夜里一点儿也不冷，我反正也没事，就想多转转。”“郁风哥，你回去时小心啊。对了，我打电话是想说，谢谢你对我的照顾。”“既然你叫我哥，还跟我客气什么，新的一年咱们继续加油吧。”“谢谢郁风哥，有你在，我就什么都不怕了。”

挂断电话，郁风仍在咀嚼着秦雯雯的话。他想到自己由一开始和白溪成为盟友，再到成为秦雯雯的依靠，这中间的几多曲折、几多辛酸、几多成长又有谁人知？

说起秦雯雯，连郁风也没想到会和她走得近。他本以为和她的交情就到她雪中送炭送药为止了。十一月中旬到十二月底是经天人民最难熬的时光。四肢乏力和发烧蔓延着，嗅觉和味觉的出走让恐慌氛围日渐浓厚。郁风自恃身体好，家里只有碘伏和创可贴，若不是秦雯雯在微信群里问大家谁需要药，她找“跑腿儿”给送，郁风在经天度过的第一个冬天恐怕就会更加漫长了……

2023年1月3日，一切恢复如常。街里按照规定进行人员调整，孙科长找孔令榕谈话，告知孔令榕9日她会调到自信里社区，和她对调的人是秦雯雯。与此同时，在社工之中也有了“老社工调居委会是升职，新社工调居委会则是不受待见”的传言。

郁风之前就听说秦雯雯挺嘚瑟的。因为他俩接触少，他还纳闷一个社工能有什么好嘚瑟的，又不是家里有矿。没想到秦雯雯第一天来励志里，他就被“雷”到了。虽然他是直男，但品牌标识他还是认得的。秦雯雯的穿搭竟将他认识的名牌都包括了：梵克雅宝项链、蒂芙尼手镯、LV包、罗意威卫衣、加拿大鹅羽绒服、马吉拉牛仔裤、巴黎世家运动鞋……当她来到大办公室的时候，没有人不从头到脚打量她一番的。

方菲更是在转天晨会结束后，大家还没出去前说：“甭管家里是真有钱还是假有矿，只要在这里工作一天，就要牢记自己的社工身份，把活儿干好，否则就是天天抱着金山上班，我这也供不起你这尊佛！”所有人都心知肚明方菲这话是冲谁说的，但秦雯雯却依然面不改色、挺胸抬头地出了会议室，就好像与她无关一样。

老社工们私下都在猜测和议论秦雯雯每天不重样的行头是A货还是真货，郁风却觉得他们很八卦和无聊。但郁风看出方菲对秦雯雯的反感，自然不愿意跟她多接触惹来是非，然而却偏偏事与愿违。

1月11日早上，方菲去开人大会了，雷斌去街里开会，七名老社工有的休病假，有的歇倒休，有的休年假，还有的结伴入户，只有郁风、白溪和秦雯雯留守。三人各自忙着。后来白溪接到电话，宣传科长说找她有事。

白溪刚走，秦雯雯去接水，一个中年女居民气哼哼地进来了。“你们谁是居委会书记，跟我走一趟！”“领导们都去开会了，请问您有什么事？”郁风客气地说。“我当然有事了，没事谁找你们啊。你把书记叫回来，我要跟她说！”“书记外出开会了，刚才有个居民有事找她，我打电话，她手机关机了，大概是有纪律，不能开机。您住几门？您有事跟我说吧。”郁风迂回地说。“我住励志里大厦2门2201室，我家暖气冰凉，屋里冷得根本进不去人，给供热站打电话，说是我家自己的问题，也不派人来，也不说该怎么办，是非得把我给冻死了才能解决吗？”“您别着急，您的心情我能理解，我现在就给供热站打电话，您稍等一下。”

没想到电话没人接，郁风正要再打，这时秦雯雯端着一杯热咖啡进来了，四目相对之时，女居民突然发飙：“你们大冬天坐在这么暖和的屋里，喝着咖啡，穿着一身名牌，根本就不知道我们老百姓家冷得跟冰窖似的有多惨!”秦雯雯放下杯子，无辜地睁大了眼睛：“这位大姨，您有事儿说事儿好吗？我工作累了喝杯咖啡怎么了？我穿的衣服是我爸妈给买的不行吗？我招您惹您了，您……”郁风快步走过去站在两人之间正要相劝，女居民猛地一扬手把咖啡杯打翻在地，咖啡溅在郁风的裤子和鞋子上。秦雯雯一声尖叫，郁风愣在原地，女居民却依然气势汹汹。

待秦雯雯反应过来，马上掏出手机拨号，郁风眼疾手快抢过手机，赔着笑对女居民说：“阿姨消消气，咱们以解决问题为先，我再打一遍电话。”这回电话总算通了，郁风表明身份，说居民上了年纪，暖气不热影响身体健康，让师傅费心上楼给看看。

郁风要陪女居民回去，说师傅随后就到。临走前，女居民恶狠狠地瞪着秦雯雯说：“我回头就去举报你，你等着纪委来查，看看你到底是不是搜刮了民脂民膏才能穿得起这么多名牌吧!”

眼看秦雯雯嘴唇微张又要回怼，郁风赶紧催女居民快走，快到楼里孩子们放学的时间了，再晚走一会儿电梯就不好等了。趁着她转身的工夫，郁风迅速把手机还给秦雯雯。秦雯雯用指纹解锁屏幕，拨号位置还留着两个大大的“11”。

结果是女居民家的暖气片被水锈堵死，水流速变缓才导致暖气不热。转天早上，女居民买来一组新暖气片，郁风又去了一趟她家，帮着师傅给换上了。女居民向郁风道谢，郁风却没有忘记替秦雯雯说情，说她爱慕虚荣爱穿A货，其实就是穷嘚瑟，希望阿姨大人有大量别追究。女居民说看在郁风尽心尽力帮她解决问题的面子上，就不跟秦雯雯计较了。

郁风拜托白溪私底下说说秦雯雯，让她上班时尽量穿得低调一点儿。其后秦雯雯不仅不再穿一身名牌，而且对郁风很是亲近。郁风没有多想，只是觉得奇妙：当初方书记替他挨了李建涛的茶水，他如今替秦雯雯挨了居民的咖啡；当初他要报警被白溪拦住，如今秦雯雯要报警被他阻拦；当初白溪拜托秦雯雯鼓励他，现在他请白溪帮忙劝秦雯雯，这真是“天道有轮回”啊！

第二十五章

圆满的调解

其实对郁风来说，秦雯雯的事只是小事，李家姐弟才是真正的“不定时炸弹”。1月13日早上，方菲正给大家开着晨会，手机响了，她出去接电话回来后就宣布散会，却把郁风和白溪留下了。

“街综治办赵科长来电话，昨天下午李建涛去区信访办了，还有一周就过年了，区里对此很重视，街里责成我们在春节前解决群众的急难愁盼问题。接下来这几天，你俩放下手头儿工作，全力跟进李建涛的事，一定要在春节前给群众满意的答复。”

郁风不解地说：“经过多次调解，十一月初李家姐弟就达成协议，只等履行了。难道事情又有变化了？”“李建涛说现在房子卖不上价，他岳母前段时间去世了，他不急需用钱了，想等过段时间房价涨了再卖。而他姐姐的外孙因为将来上幼儿园要把户口上到那房子里，他怕又多一个人跟他争房，不同意。他姐姐说要去法院起诉，告到他一分钱也得不到。他实在走投无路，只能求政府给他做主了。”

听方书记说着，郁风又联想到李建涛高喊“青天大老爷”的场景。这时，老唐警官到了。方书记又向他传达了区、街的指示。老唐警官联系了老乔，然后带上郁风和白溪走了。三人与老乔、于晏萍会合，紧锣密鼓地制订了调解方案。因为有限期，五人决定放弃休息时间，全力以赴。

五人一起找到李建敏，却发现屋里多了三口人。郁风瞬间头大，不仅己方阵容增强，对方也把女儿女婿外孙女拉进来了。还没说几句，孩子就哭开了，一时间大人喊、孩子哭，屋里更热闹了。眼见局面难以控制，老唐让四个大人冷静再想想，他们先行离开。

五人来到老乔的办公室商议了好一阵。下午，五人一起去找李建涛，告诉他即使姐姐将外孙女户口落到房子里，也不存在多一个人跟他分房的情况。但李建涛担心房子一旦过到他姐姐名下，如果她撕毁调解协议，将房子据为己有，他就满盘皆输了。

老唐警官告诉李建涛，他们当初签订了调解协议书，已达成的调解协议具有法律约束力，原纠纷便不再具有可诉讼性。李建敏只能就调解协议，而不能再以原纠纷提起诉讼，即使她以原纠纷提起诉讼，李建涛可以用调解协议进行抗辩，这样会使她以败诉告终。

李建涛听后乐了：“真是天可怜见啊，我没信错人，您真是青天大老爷!”“既然现在你的两个担心都解除了，不如尽快卖房，这样才能履行调解协议。”郁风趁热打铁说。“房价这么低，我又不急用钱，我等得起。”郁风心想，李建涛说来说去，合着又把话绕回来了。任老唐再怎么劝，郁风磨破了嘴皮子，白溪也想出了好几个办法，可李建涛就是油盐不进。唯一的收获是，他们得到一个消息，李建涛的媳妇怀了二胎，他想多得点儿钱。

于是，五人从此和李家姐弟开始了“车轮战”，不论工作日还是休息日，无论清晨还是日暮，五人在两家来回奔忙着。虽然从没经过这种阵仗的郁风和白溪常有沮丧、焦虑的时候，但他们默默战胜着自己的小情绪，每天都不厌其烦地倾听姐弟的各种说辞，围绕争议焦点问题释法析理，同时帮姐弟俩舒缓心理压力、逐渐理顺情绪，使他们恢复心平气和。

当姐弟俩的态度松动了之后，他们又调整策略，开始一点儿一点儿试探姐弟俩能够接受的底线。然而谁都没想到的是，最后对调解起到决定性作用的决策，出自郁风之手。

离春节越来越近，不仅姐弟俩有些疲沓，连五人调解组都很是为难。眼看调解陷入胶着状态。1月18日这天，老唐警官和郁风、白溪一起去劝李建敏。话赶话地说到李建敏家三代人的住房问题时，郁风诚恳地说:“其实您弟弟不是不想卖房，而是觉得本来得到的就不多，现在房价太低，所得就更少了，心理不平衡罢了。”李建敏正要说话，郁风却没给她抢白的机会:“您先听我把话说完，既然您也说您家五口人房子紧张，那不如您出房价的35%给您弟弟，房子归您，这样省去了各种手续和费用，您家也有房了，不是两全其美吗？”

李建敏高兴地说：“哎呀，我怎么早没想到这办法……不过，我弟弟要是知道我的想法，肯定会狮子大开口，我去哪弄那么多钱给他啊！”“当初要卖房时，不是有经房置换的评估报告吗？如果您弟弟想多要钱，您不妨换个思路，有些东西比钱更值钱。”郁风点到为止。

告辞后，三人马不停蹄地赶往李建涛家。恰巧遇到碰了一鼻子灰，正要下电梯的老乔和于晏萍。五人快速交换了看法和意见，老唐三人去找李建涛谈，其余二人撤出。

“现在卖房也不是不行，但评估报告上的价格太低了，我还得付在这儿的房租和各种费用，往返路费也得算上，我前前后后付出这么多，得到的却太少了，我岳母等不及我拿钱救她就走了，我回去都没法儿跟我媳妇交代。”

“如果给您钱的不是想置换房子的人，而是您姐姐的话，您的户口还可以……我前几天听新闻说，一些有经天户口的高三学生回来参加高考，我还挺羡慕的……”李建涛听了郁风的话，眼珠一转。

正是因为郁风对李家姐弟的推心置腹和换位思考，使他们迅速达成协议，才有了开头姐弟俩在除夕发微信给郁风和白溪的那一幕。

郁风从微信中得知，姐姐全额报销了弟弟在经天的食宿、火车票和生活开销，并订下协议，姐姐按照评估报告一次性支付应给弟弟的35%，房子归姐姐所有。但弟弟和他第二个孩子的户口落在该房子里，将来如果那孩子回来高考，姐姐应给予食宿的支持和照应。姐弟俩不约而同地在微信里对郁风表示深深的感谢，对他细心体察他们的实际困难并有针对性地给予点拨表示称赞。李建涛发来的第二条微信说，他已经回通南市了，让郁风有时间来找他玩儿，他包吃包住。

郁风在给李家姐弟回复的微信里对他们表示祝贺，也各自对他们说了一些话，但结尾的祝福是相同的："人间有爱，亲情永恒！"

第二十六章

她有些奇怪

夜已深，小区里又恢复了宁静，万物沉寂，郁风停止了漫长的回忆，走在回家的路上。当他打开客厅灯的那一刻，一片光亮伴随着短信提示音一起到来。他顾不得脱下羽绒服，就拿出了手机。“小风，见字如面，兔年喜顺！你现在读研了还是工作了？无论在哪里，都记得要多多吃饭，早早睡觉，好好生活！”反复地读了不知多少遍妈妈发来的短信，郁风把手机抱在胸前，疲惫地躺在床上睡着了。

大年初一，郁风临近中午才睡醒。他把即将没电的手机充上电，一边洗漱一边计划着一会儿去哪里逛逛。他从很多人口中听过六大道的美名，他想去逛逛，希望能从那里感受到“人生如逆旅，我亦是行人”的历史沧桑感。

下午他正要出门，突然接到秦雯雯的电话，约他去看新上映的《流浪地球2》。他刚想婉拒，秦雯雯却抢先说：“我可没说请你看电影啊，咱街总工会不是给每个人发了四张电影兑换券吗？咱俩用自己的券就行了，你不会连这样的要求也不答应吧？”郁风只得同意了。

郁风按手机导航来到影院的时候，顺路从星巴克买了两杯咖啡，乘电梯到影城，正看到秦雯雯一手拿着一桶爆米花冲他笑。两人往检票口走的时候，秦雯雯很自然地把一桶爆米花塞给他，并顺手拿过一杯咖啡，还笑着说：“爆米花、咖啡、电影是绝配。”

坐下后，郁风环顾四周，发现竟然座无虚席，而且大多是情侣。郁风有些尴尬，他想起那年看《流浪地球》第一部的时候，他身旁是前女友，而陪他看第二部电影的却是女同事。

出了影院后，郁风正要问秦雯雯去哪里，秦雯雯却抢先问道：“你来经天这么久，还没逛过六大道吧？从这里骑车20分钟就到了，咱们一起去吧！”“现在都快五点了，那种历史悠久、充满异域风情的地方，不是应该逛一下午吗？”“谁说的？那都是蒙外地人的……哦，对不起，我不是说你。你就跟我走吧，保证你去一次就……”秦雯雯突然停下不说了。郁风想，她要说的可能是“流连忘返”这个词，但不知怎么想不起来了。郁风不想接话让她尴尬，于是笑了笑。

两人一边骑共享单车一边聊天，天渐渐黑了下来。郁风转过头问：“你不是说骑车20分钟就到吗？怎么骑到天都黑了还没到呢？”“咱们现在不就在六大道上吗？”“什么？闻名全国的六大道就是这么多条单行道周边的小房子？你不是说来一次就流连忘返吗?”“怎么可能流连忘返，我是想说要是骑着车来一次就管够！你以为来这里就是像那些举着小旗子的旅行团那样走马观花吗？你得坐上马车，随着专业讲解员的解说去慢慢感受。不过，对于我这种土生土长的经天人，真没觉得这里像外面传得那么好。”

虽然郁风觉得秦雯雯有点儿无厘头，但他还是决定找个机会倒休半天，像她说的那样坐着马车来看看。因为六大道上的餐厅都贵得离谱儿，郁风以“中午吃得太饱”为由谢绝了秦雯雯和他AA制吃饭的提议。

不过他看到沿途的每家餐馆里都有不少人，心里还是挺暖的，他宁愿外面人山人海，也不愿意像几个月前那样，隔着玻璃窗看着楼下空无一人的花园。他听新闻里说，今年的春天是暖春，他希望越暖越好，这样才能驱散人们眼中和心中的寒意，迎来真正的春天。

本来郁风以为2023年的第一天就这么过去了，没想到秦雯雯接下来说的话却给他带来了意外的惊吓。两人骑到经河边，找了个长椅坐下来休息。秦雯雯从背包里掏出一个菠萝包给郁风，她自己则吃了一袋薯片。郁风还真是有点儿饿了，道谢后就吃了起来。

吃完后，郁风正要找话题，又是秦雯雯先开口:“郁风哥，谢谢你啊，要不是你，我可能在居民泼我咖啡那次就辞职了。”郁风没说话，因为他不知道该怎么接话。好在秦雯雯自顾自地说起来:“我爸妈都是做生意的，我大学毕业后想跟爸妈学做买卖，但他俩想让我在社会上历练几年再接班儿。我知道他们埋怨我天天坐吃山空、不劳而获是‘激将法’，但我还是一赌气考了社工。”郁风说：“咱们每天面对形形色色的人、解决各种各样的事，就是最好的历练，我相信随着经验的增多，你会越来越成熟，将来会接好父母的‘接力棒’。”“不过我越来越感觉自己的性格不适合做生意，以后的事以后再说吧……”

就在郁风又不知该如何接话时，秦雯雯接着说：“郁风哥，你和白溪姐很熟吗？”“算很熟吧，我们以前一直结伴跑网格，前段时间又一起忙李家姐弟的事，怎么了？”“我感觉她总是怪怪的。”“嗯，她不太爱说话，喜欢独来独往。”“不是，我是说她看方书记的眼神有些奇怪……不过我看方书记也不喜欢她。”“哦，也许吧。我俩刚入职时不是被批评教育了吗？我想她是和方书记有些误会吧。”“还有啊，你去帮居民安暖气片的那天早上，我替你和她一起巡逻，看到她和那个有点儿傻的王师傅一直在后面嘀嘀咕咕的，好像挺熟络的。”“对，王师傅是她网格的重点户，我们之前帮他解决过问题，而且还是白溪介绍他进的巡逻队呢。”“原来是这样啊，那看来是我多想了。”“多想什么了？你小小年纪，想象力可不要太丰富。”“什么啊！有一天晚上，我和大学同学聚会后打车回家，在路口等红灯时，无意中看到那个王师傅和白溪在一家女士服装店里买裙子。”“哦，我听说了。王师傅有俩姐姐，其中一个快过生日了，王师傅想给姐姐一个惊喜，就拜托白溪帮忙。”郁风猜测王师傅大概是想送环卫女工云秀裙子，所以找到白溪，但又不方便对秦雯雯明说，只好掩盖过去。“是吗？可他们买的是一条红色连衣裙。”“哎呀，你不要乱猜了，现在的女人不都想打扮得年轻点儿吗？谁规定年轻人穿的衣服岁数大的人不能穿了？”“那好吧，我以后不八卦了。”秦雯雯虽然心有不甘，但还是噘着嘴认错道。

虽然郁风不让秦雯雯胡思乱想，但他此刻却疑窦丛生：“秦雯雯刚来不久就看出白溪和方书记不和，她俩之间到底发生了什么？还有王旭，竟然和白溪一起买年轻女孩穿的连衣裙，难道他对白溪有什么非分之想？”郁风随即又在心里否定了自己的猜测：“白溪和自己同期入职，怎么会和方书记有瓜葛？白溪给人感觉眼光很高，她怎么可能接受王旭？”

凭郁风对白溪不多的了解，他觉得白溪说话做事都很有分寸，至于她与方书记、王旭的关联，他暂时还想不明白，都怪秦雯雯，她看乱七八糟的电视剧看得太多了吧。

第二十七章

机智帮同事

也许是老天爷要惩罚爱八卦的秦雯雯，春节假期过后上班没几天，她就被楼栋长投诉了。

年后上班的第三天，1月30日上午十点多，广苑楼3门的楼栋长李大娘一进门就嚷嚷开了："你们居委会发楼栋长的春节慰问品，还分三六九等是吗？"社工们闻言都很诧异，纷纷劝李大娘别着急，有话慢慢说。

秦雯雯主动站出来说："李姨，春节前我不是已经把那袋饺子粉给您了吗？您还有什么问题吗？""你还好意思问我有什么问题？告诉你，我的问题大了，我要向方书记投诉你！"

"哎哟，我说李姨，我在隔壁都听到您说的话了，是谁这么不懂事儿，惹我们李姨生这么大的气啊！"方菲一边走进大办公室，一边笑着对李大娘说，还顺势搂着她坐下了。

"就是你们这个新来的社工啊，欺负我上岁数了，今天我就让你给我评评理，她凭什么敢这么做!”李大娘一看到方菲，仿佛看到了亲人，嗓门儿变得更大了。

“方书记，我没有，李姨她……”秦雯雯委屈万分地说。

“我告诉你小秦，李姨可是有53年党龄的老党员了，她的党龄比我的年龄都大，我还没来励志里的时候，她就是楼栋长了。对于广苑楼这一片儿的居民，她比谁都了解。你得罪谁，也不能得罪李姨啊，是不是?”方菲看似是说给秦雯雯听的，其实是说给李大娘听的。

李大娘听后立马不再嚷了，声音也柔和许多:“就算你方大书记再会说话，也不许袒护手底下的人啊，这事关乎我的面子问题，你该怎么办就得怎么办!”“那是必须的，但我得先知道小秦到底犯了什么错，把您给气成这样了啊。”

郁风在李大娘进来后没多久，就悄悄出去接水了。此刻他趁着众人的关注点都在李大娘身上，用手指戳了戳秦雯雯，示意她把水端过去。秦雯雯会意，赶紧低眉顺眼地端给李大娘。李大娘看了看她，却没有接，她只好将水放在李大娘座位旁边的桌子上。

“别跟我这儿献殷勤，告诉你，晚了！腊月二十八那天，我高高兴兴地来领春节慰问品。你让我先签名，我一看，不知道谁把我的名字给代签了。我告诉你我没领过，然后我又给我家老头子打电话，他也说没领。我儿子和闺女根本不住这儿，更不可能替我领了。你就说去点点数，然后告诉我说数没错，就是有人替我领了。我说那就算了，我不要了。你说让我等一下，你再给问问。过了好一会儿，你回来给了我一袋饺子粉。我还问你这到底是怎么回事，还需要重新签字吗？你说没事，不用签了。你跟大家说说，当时的情况是不是这样？”

“是的，李姨，您说得没错。”秦雯雯答道。

“除夕那天我和闺女、儿媳一起包饺子，儿媳无意间发现饺子粉还有半个月就过期了，我当时还庆幸用得及时，要是正月十五再打开，过期了再把人给吃坏了，大过年的不是找倒霉吗？这不，今天早上我去买菜，碰到了5门的楼栋长张姐，我问她居委会给的饺子粉吃了吗？她说还没有，我就提醒她赶紧吃，还有几天就过期了。她当时还谢我来着，可没想到，我到家没多久，她就发来微信，跟我说肯定是我看错了，饺子粉还有4个月才到期。这张是她拍照发来的日期，这个是我拍下的我那还剩半袋的饺子粉的日期，你看看，这两袋饺子粉都是你们居委会发的，怎么还会有分别呢？”

方菲接过李大娘的手机，放大两张照片仔细看了看，又将手机递给秦雯雯。秦雯雯看后，脸“腾”地红了，她嗫嚅地说：“李姨，对不起，我……”“你是不是看我年纪大了，又因为不知道是谁替我签字了，觉得我想占你们便宜多领一份儿，就故意把临期的给我了？”“我没有，我真的不知道是谁把您的名字给签上了，饺子粉的数也确实是正好的，我只是……”“你只是看我老婆子岁数大、眼神儿差，好欺负是吧？”李大娘更气愤了。

眼见一向七个不含糊、八个不在乎的秦雯雯快被得理不饶人的李大娘挤对哭了，郁风赶紧上前说：“李姨，我是小郁，您还记得我吗？十一月底和十二月初的时候给您家送过几次菜。”见李大娘连连点头，郁风赶紧冲着李大娘连鞠了三个躬，然后赔不是道：“这事要怪就怪我，小秦从别的居委会调来没多久，对居民还不太熟悉，不知道怎么给弄错了，又不想您因为她的失误而领不到饺子粉，就托我去附近的小超市买了一袋。我也是着急忙慌的，太粗心了，没顾得上看保质期，只看到牌子和包装是一样的，就帮她买回来了。您看，小票还在我这儿呢！”郁风掏出一张皱皱巴巴的小票递给李大娘。

“既然小郁承认了，那我就不怪小秦了，对不住了啊，姑娘。那什么，你们先忙着，我得赶紧回去给我家老头子做饭了。”李大娘说着就要走。“李姨，都是我不对，我马上陪您去买一袋，两袋也行，就当我给您赔罪了。”“嗨，不至于的，你不也是好心帮同事吗？再说你也不是诚心的，我不怪你。行，就这么着了啊！”“不行，李姨，您要不跟我去，我这罪过可就更大了，我晚上都得难受得睡不着觉了。”郁风好说歹说，哄着李大娘出去了。

就在众人都忙着起身送李大娘出去时，白溪悄悄拿起了李大娘接过来却没有看、随手放在桌子上的小票，她迅速扫了一眼，然后趁人不备放到了秦雯雯的办公桌上。

待郁风去小超市重新买了日期新鲜的饺子粉，并把小票一起给李大娘时，她的脸上才绽放出了笑容。

刚告别李大娘，郁风手机的微信提示音就响了。“郁风哥，我那天根本就没要小票，我还奇怪你怎么会有呢。刚刚我才发现，原来你拿出来的，是你今天早上买面包的小票，谢谢你又帮了我一次。我一定不犯懒了，以后无论谁来领东西，一律先拍照再签字，我也不再冒冒失失了，以后买东西一定看好保质期。郁风哥，虽然大恩不言谢，但我还是要谢谢你！”

郁风只回复了几个字：“下不为例，你要加油呀！”，便大步向居委会走去。

第二十八章

一举破谣言

2月1日的晨会上，方菲向社工们传达了经天市第十八届人民代表大会第一次会议开幕会上，市长陈方勉所作的《政府工作报告》。方菲慷慨激昂地说："未来五年是经天全面建设社会主义现代化大都市的关键时期，我们要全面贯彻中央决策部署，按照市委、区委、街道党工委的部署要求，集中力量实施'十项行动'。"

随后，方菲布置了近期重点工作，作为"十项行动"的重要组成部分，以及20项民心工程之一，经天市将加快燃气管网改造换新，燃气部门也会定期对老旧小区燃气设施进行维护，全体社工要每天入户开展用气安全检查和宣传，协助煤气公司为每户居民免费加装煤气安全阀。

社工们每人领到一沓"用气安全说明书"和"煤气安全阀使用指南"，开始了入户宣传与动员。郁风和白溪先到网格中的楼栋长家详细讲解和宣传，再把宣传材料给她们，让她们发放给居民们并做动员。因为是乘电梯入户，而且高层是每层一个楼栋长，所以两人仅用一天就跑完了整个楼门。

第二天就有很多居民打电话或来居委会咨询是否必须加装煤气安全阀、后期的维保费用、逾期不装的后果等，一时间居委会电话铃声响个不停、人来人往不断。

但令郁风和白溪感到费解的是，虽然1门打电话及来咨询的人不少，但真正登记的人却屈指可数。两人在网格楼栋长群里问各层的楼栋长，是否已协助进行宣传。楼栋长们纷纷回复，宣传材料已经发完。郁风立即回复说："也许居民们太忙顾不上细看，现在咱们楼门的登记加装率不高，请各位楼栋长带个头儿，如果叔叔阿姨们同意，就不用再跑居委会了，将可以入户的准确日期和时间私信我们，我们帮您登记预约，到时你们家里留好人就行了。"

谁想到群里却突然鸦雀无声，郁风心想："大家刚才还纷纷回复，怎么一会儿工夫就没人表态了？"又等了好一会儿，还是没人回复。连白溪也按捺不住了，让郁风和她一起下网格看看。两人来到1楼的楼栋长楚姨家，敲了半天门无人应答。两人没坐电梯走上了2楼，楼栋长柳师傅家也没人。3楼的赵姨家隐隐约约传来收音机的声音，但当他们敲门时，收音机的声音却突然没有了。两人不甘心，又来到4楼尹姨家门前，屋里隐约传来的说话声随着敲门声隐匿了。两人交换了一下眼神，更加费解了："大家为什么躲着我们不开门呢？"

两人郁闷地回到居委会，眼见同事们纷纷与煤气公司师傅约定和他们一起入户的时间，而他们却一无所获。“到底是哪个环节出了问题呢?”郁风感到百思不得其解。下午，白溪和郁风来到王旭家。“小雯，哦……你们有事吗?”“王师傅，加装煤气安全阀的宣传页您收到了吗?”“收到了，我让我二姐去居委会找你登记来着，可她后来又说不装了。”“您知道为什么吗?”“她在楼门口碰到了18楼的老林，老林告诉她煤气安全阀根本不安全，是骗人的，还有很多邻居也听他的话不装了。”

原来如此！18楼一生未婚、无业的低保户林伯昌常年受到居委会的关照，不仅如此，民政口的各种救助、居委会每年的两节慰问和年底的红十字会救助都有他。不少居民都羡慕忌妒地说:“别看老林进去过，可他拿的各种救助加在一起比我们的退休金都高。”他每次见到方菲、雷斌、陈茜倩和郁风都特别客气，没想到竟然会是他在背地里传播谣言、阻挠煤气安全阀加装，真是“知人知面不知心”啊!

郁风没有去找林伯昌对质，而是和白溪找到网格里的堡垒户耐心做动员，朱奶奶、王旭、巡逻队队员们加装了煤气安全阀后，现身说法，帮他们进行正面宣传，有力反击了林伯昌的谣言，1门的煤气安全阀加装率虽然暂时追不上其他楼门，但还是稳中有升。

一周后的一天下午，励志里大厦1门18楼的居民打电话反映这一层有很浓的煤气味儿，还有居民拨打了“110”。方菲立即联系了派出所、煤气公司，并迅速组织全体社工去1门疏散群众、到18楼及相邻楼层寻找泄漏点。

郁风带着居民信息底册，煤气公司的师傅带着检测设备，与片儿警一起来到18楼逐户排查。当来到1803门外时，检测设备发出尖锐的报警声，这户正是林伯昌家！敲门许久无人应答，1801的邻居出来说，老林和亲戚去鲸县了。郁风坐电梯下楼，来到楼门外拨通了林伯昌的电话，好半天他才接听，好像还醉醺醺的。当听说他家发生煤气泄漏后，他说自己在鲸县，会马上赶回去，并告诉郁风，他家门钥匙在防盗门下面的地垫夹层里。郁风上楼后，让片儿警打开执法记录仪全程摄像，他找到钥匙后打开门，不由得捂住了鼻子，燃气公司的师傅很快在厨房发现了松动的煤气软管……

转天早上8点30分，林伯昌顶门儿来到居委会找郁风登记。“你能不能跟煤气公司的人打声招呼，我是低保户，给我优先加装煤气安全阀。我今天一天都在家，中午也不睡觉，他们随时都可以入户。”

郁风马上说：“林叔那么有号召力，有您带头儿太好了，您可得多帮我们宣传宣传啊。”林伯昌大概听出了郁风的“话外音”，很不好意思地说：“昨天的事，我还没谢谢你们呢。多亏你们及时发现，我一会儿就去跟大伙说，装了安全阀就是好，万一遇到煤气泄漏，安全阀自动关闭，绝对确保安全啊。”郁风笑着点点头，还没忘提醒他把门钥匙交给离他住得近、信任的亲戚朋友保管，别再放在地垫里，那样太不安全了。

从此之后，就数郁风和白溪陪煤气公司的师傅入户次数最多，他们在深入宣传、现场拍摄加装煤气安全阀照片的同时，与居民走得更近了，关键时刻临危不惧、及时处置煤气泄漏事件的郁风不仅得到居民们的交口称赞，方菲也在晨会上夸他做得好，号召社工们向他学习，就连春节后被借调到街里帮周书记写材料的雷斌都听说了郁风的光辉事迹，发私信夸了他。

第二十九章

终于见面了

转眼离2月4日立春之日过去一个多月了，这段时间里，郁风和同事们忙着处理煤气安全阀加装事宜，与此同时他还帮几个本辖区内的企业建立了工会联合会。

随着原本大门紧闭的饭馆纷纷重新开张纳客，郁风不再仅靠去便利店买面包、饼干、方便面充饥，而是每天中午在居委会附近的小饭馆、晚上在家门口找地方吃。他感到西河区的经济就像越来越暖和的天气一样，正在渐渐复苏。

3月8日下午，女同事们都去过“女神节”了，居委会只剩雷斌、冼海亮和郁风。郁风正梳理着煤气安全阀加装台账，突然听到外面传来吵嚷声。他正要起身去看，一群人冲了进来。“你们的负责人是谁?”领头的一个浓眉大眼的中年男人说。郁风觉得他有些面熟，但又想不起在哪儿见过。“书记外出开会了，你们有什么事跟我说就行。”“我认识你，你不是姓郁吗?

这样也好，既然当初是你劝我们加入你们社区工会联合会的，那我们这些会员有了困难，自然得找你解决了。”他身后的十多人也纷纷附和着。

“这位师傅，这里地方太小，坐不下这么多人，您带着大家跟我去会议室说吧。”一群人呼啦地跟着郁风走了，冼海亮见雷斌假装听不见不出面，只好拿了水壶和一摞纸杯，朝会议室走去。

两人挨个给师傅们斟茶递水，然后坐下来倾听他们的诉求。为首的人说：“我是物拉拉的员工范相平，这十二个人都是我同事，我们都缴纳了工会会费。今天上午公司人事部通知我们，公司业绩下滑，我们13人被裁了。但是我们一没旷工、二没犯错，前几个月大环境不好，公司没业务又不是我们造成的，合同也没到期，他们凭什么说裁员就裁员？我们都五十多岁了，上有老下有小的，没处说理去，只能找你们了。”范相平话音刚落，他身旁的师傅们就吵嚷开了。

综治主任冼海亮一直不说话，郁风好不容易才等到那些师傅安静下来，了解了企业现状和这些人的基本情况后，对范相平说：“您反映的情况我们知道了，我马上联系街总工会的负责同事，看看对你们出现的这种情况，应该怎么解决。”

10分钟后，街总工会干事齐雨晴就赶到了，她了解了相关情况后，当即拨通了区总工会的电话。又过了20分钟，区总维权科科长夏庆芪带着一个工作人员匆匆赶来，在看过郁风提供的相关档案和资料，听取了齐雨晴的汇报、范相平等人的诉求后，夏庆莨说：“对于你们的劳动争议，我们区总维权科一定会积极调解处理，维护你们作为工会联合会会员、新就业形态劳动者的合法权益。现在咱们一起去你们公司了解一下情况吧。”13位师傅仿佛看到了希望，簇拥着夏庆莨和工作人员走了。

郁风收拾着桌上的茶水杯，心中暗想：“看来调解工作在哪里都能发挥作用、维护社会和谐稳定，希望区总的同志能帮这些师傅们维权！”

转眼就到了4月11日，正当郁风马不停蹄地忙着居委会的大事小情，已经渐渐淡忘了那件事的时候，却接到了齐雨晴的电话。“你还记得‘物拉拉’的范相平吗？他需要办理大病救助，街里人手不够，经过街领导批准和你们方书记同意，由你协助我一起去北河区办理。”

直到这时郁风才得知，3月底范相平等人在区总维权科同志的帮助下成功维权，得到赔偿金后与企业解约。不久后，他跳槽到北河区的一家物流公司，但是他2月初因大病住院，住院时他所任职的企业在昆仑路街，因此需要本街总工会处理他的大病救助相关事宜。

两人到了物流公司附近的公交站，齐雨晴给范相平打电话，不一会儿，范相平拿着文件袋出现了。齐雨晴仔细看着医院单据和病案，取出表格让他填写，随后拿出便签本，将还需补充的东西写了两份，自留一份，给他一份。他看了看说：“两天后还是这个时间，你们来取吧，要不是什么重要的东西，麻烦这位郁同志自己来也行。”

骑车回去的路上，齐雨晴纳闷地说：“真奇怪，我刚看到范师傅写的地址，他就住在广苑楼2门203室，直接去他家取多方便，还非得让咱们来北河区找他。街里最近人手不足，辛苦你下次自己来跑一趟吧。”郁风听后一惊，原来如此！难道范相平是知道了他的身份，才不愿意让他去家里吗？

两天后他如约来到车站，范相平竟然先到了。郁风核对好需要补充的东西后，说过段时间钱会打到他提供的银行卡里。范相平却跟他说了一句话……

郁风骑车回去的时候，路过街办事处附近的便利店，前几个月他常穿得严实、戴着口罩来买东西，但今天有些热，路程又远，就没戴口罩。本来没什么可买的，但他还是鬼使神差地进去了。

“谢谢光临，总共12……你是……小风？”收银员口罩上方的眼睛瞪得很大。“是我。”女人手一抖，饮料掉在地上。郁风捡了起来，递给她。扫码支付后，趁着只有她一人，她将郁风拉到店里供客人坐的桌椅处。“前几天我就听邻居说，居委会新来的郁风阻止了煤气泄漏很厉害，我还觉得有人跟你同名是巧合，没想到真的是你！你来经天多久了？”“快9个月了。”“你住哪里？有女朋友了吗？”“我很好，不劳费心……别误会，我不是为你而来的。我今天其实就想当面问你一句，你抛下我和爸来经天这么多年，后悔过吗？”“我和你爸，还有你奶奶的恩怨，已经成为过去，我不想再提了。这些年我过得很好，从没后悔过。”

郁风暗暗攥紧了文件袋里的票据和复印件，范相平低声下气的话又回响在耳边："能不能拜托你……大病救助的钱，千万别让我媳妇知道。"

望着妈妈幸福的表情，郁风原本强装平静的心剧烈地痛了起来。他想起了当年爸爸的愤怒、奶奶的咒骂、亲戚的白眼儿，也想起了小时候妈妈陪他吃饭、放鞭炮、玩耍的情景，还想起了妈妈逢年过节给孤老户送饺子、捐助家庭贫困的女童上学、热心帮忙不过来的邻居带孩子的情景。曾经，妈妈在自己、别人的眼里是那么善良，可她怎么忍心抛下他呢？而今，他的眷恋随着她的坚定而土崩瓦解，"妈妈"两个字最终没能叫出口……

第三十章

长发的风波

秦雯雯发现郁风最近总是魂不守舍的，中午就非要约他一起出去吃饭。郁风本想推辞，又怕她嚷嚷得大家都知道了，只好答应了。在麻辣烫店里，郁风只拿了一些素菜。秦雯雯见状强行将腊肠、鸡肉串、墨鱼丸等夹到他的盆里，然后不由分说地抢过来一起结账。郁风无奈地摇了摇头，从冷柜里拿出两瓶大窑汽水结了账。

见郁风吃得心不在焉，秦雯雯拿过瓶起子“砰”的一声打开瓶盖，吓了郁风一跳。他还没反应过来，秦雯雯又开了一瓶，然后塞到他手里，跟他相碰。郁风仰起头喝了一大口，放下瓶子继续吃了起来。“喂，郁风哥，你看看我是谁啊？我是空气吗?”“别闹，快吃。”“你这几天怎么回事，是不是失恋了?”“净瞎说，小孩子别打听大人的事。”“你才是小孩子呢！我都24岁了……你跟我说说，是谁啊？是白溪姐吗?”“你这孩子脑子里天天想的是嘛啊，再胡说别怪我翻脸！”

两人打打闹闹地吃完了，一起走回居委会，正碰上一个女居民在广苑楼楼下小花园的长椅上哭。郁风本想快步走开，但秦雯雯却拉住他说：“郁风哥，那人是我网格里的居民温姐。”“快走，别看了。”“怎么不能看？她是我的居民啊！”“你都不知道发生了什么事，一直看着她太失礼了。”

两人正要走开，温丽云却发现了他们。“小秦，你们这是刚吃完饭吧？”秦雯雯正乐不得被温丽云看到，赶紧回应：“对啊，温姐，我们刚吃完，您吃了吗？”“我……不饿。”“温姐，甭管出了什么事，您可不能不吃饭啊。”郁风暗暗戳了戳秦雯雯，却听温丽云说：“我家都快散了，我哪还吃得下啊！”“什么？！您跟我们说说，看看我们能不能帮您。”见秦雯雯来了精神，郁风更郁闷了。

“我老公，他……在外面背着我，做了坏勾当。”“潘师傅吗？不会吧，他可是楼栋长呢，怎么会……”“怎么不会？这年头儿的男人，有几个靠谱儿的？”“也不是啊，我郁风哥就很靠谱儿！”郁风只想即刻隐身，心说这个小丫头，怎么说着说着还扯上他了。

温丽云红着眼睛说：“这段时间他天天吃完晚饭就出去，半夜十一二点才回来，一句话也不说倒头就睡，跟个死猪似的。我问他去哪儿了，他说为了增强体质去经河边遛弯儿。虽说最近天气暖和，但也不至于天天遛到那么晚啊。昨天他难得早早下班哪也没去在家睡觉，我妈打电话告诉我好乐家超市的食用油最后一天促销，我就想开车去买几桶。谁想到一打开车门我就闻到了一股香水味儿，还在车里发现了一根卷曲的棕色长发。”说着说着，她不禁声泪俱下。

秦雯雯却不以为意地说：“现在很多车载香水味道都很冲，而且女同事蹭男同事车也不新鲜，您不必太敏感了。”“我老公开车十多年，从没买过什么车载香水，有几次我在家喷空气清新剂，他都嫌刺鼻。那根头发一看就是年轻时髦的女人的，他们公司是做建筑工程监理的，女同事凤毛麟角，就算有也得四十来岁了，根本不可能又喷香水又染头发的。”

这回秦雯雯彻底无话可说了，她可怜巴巴地看着郁风。郁风只得开口道：“温姐，在没有证据的前提下，您说了半天也只是猜测和主观臆断，夫妻之间需要的是沟通和信任。您不妨找个机会跟潘师傅聊聊，‘解铃还须系铃人’，也只有他才能解开您的心结。”

回居委会的路上，秦雯雯崇拜地对郁风说：“郁风哥，我发现你不仅是居民的贴心好社工，还是情感问题专家。你平时都喜欢看什么书？这些你都是跟谁学的？你教教我呗！”郁风从包里掏出《中华人民共和国民法典》，一本正经地说：“喏，我天天看这个，送你了。”“我才不要呢，你耍我啊！”一说一笑之间，郁风感到心情好多了。

转眼就到了周六，根据街道党工委部署，全街社工集体加班，继续推动煤气安全阀加装工作。因为郁风和白溪的网格除了空房之外，全都装完了，他们就到安装率低的网格帮忙，郁风帮的正是秦雯雯。

两人一进楼门就听到二楼传来激烈的争吵声。“你别整天疑神疑鬼行吗?”“我看是你做贼心虚吧？那天我在你车里发现了棕色长发，刚才又发现一根紫色的，你还玩上瘾了啊，就不怕得病吗?”“我看你就是没事干闲得，整天跟猎犬似的，还总闻我衣服，我看你才有病呢!”然后是什么东西摔碎了，还传出了一阵撞击声。

秦雯雯和郁风对视一眼，不约而同地冲上二楼，着急地按响了门铃。潘师傅开门后，秦雯雯向门里张望，十几秒后温丽云出来了，秦雯雯见她毫发无损，这才放了心。但门已经开了，又不能什么也不说就走。郁风灵机一动问他们，煤气安全阀装完后用着怎么样，潘师傅以为他们要去厨房查看，就让他们进来了。郁风到厨房转了一圈，发现碗碟碎片及木头切菜板等东西散落一地。他正要拉着秦雯雯走，温丽云突然“哇”的一声哭了。

秦雯雯忙着劝温丽云，郁风则随潘师傅来到阳台。潘师傅点燃一支烟默默地抽着，郁风轻轻地说:“潘师傅，我看网上说，中国99%的家庭问题都源于缺乏沟通。”潘师傅叹了口气，下定决心似的掐灭烟头儿，回到客厅对妻子说:“不是你想的那样，我们公司几个月前倒闭了，我白天去找工作，晚上做代驾，不告诉你是怕你担心。”

温丽云接过丈夫递过来的手机看了看，递给了秦雯雯，秦雯雯看后递给郁风，郁风本想看两眼就还给潘师傅，但他却赫然在网约车软件的通话记录里看到了一个熟悉的号码，他往下划动着通话记录，神情更严峻了。

秦雯雯除了管残疾人工作，还在居委会兼管劳动保障工作，她解释了相关政策，让潘师傅明天带齐资料，找她办理“4050”社保补贴。两人出门后，秦雯雯见郁风刚才还是一副从容淡定的样子，转眼间却变得心事重重。为了调节气氛，她突然冒出一句：“郁风哥想什么呢？是在想白溪姐吗？”原本只是一句玩笑话，可是郁风听后脸却变得煞白。

第三十一章

那个人是谁

那个熟悉的号码是白溪的，她在几天的下班时间段打过潘师傅的车。其实郁风此前就注意到，白溪好几次下班后去了居委会附近的小超市，但他没在意，同事们经常会趁着小超市打折时买点零食或生活用品，这没有什么可大惊小怪的。

可就在郁风和妈妈见面后的第二天，实在提不起精神去上班的郁风破天荒地请了一天假。因为头天晚上他做了一宿的梦，梦见爸爸因为家庭琐事打妈妈，梦见奶奶责骂妈妈不应该把爸爸打她的事跟妇联的人反映，梦见妈妈决绝地拉着行李箱离开……

醒来后，郁风心如刀割。家乡的亲戚提到妈妈时都是鄙夷的神情，话里话外说她心狠抛夫弃子，去大城市享福，再加上奶奶成日里的咒骂和爸爸的借酒浇愁，郁风那时候就常常想，他长大后一定去找妈妈，问妈妈她为什么对邻居都那么好，唯独不能原谅爸爸？可那天当他真的面对她时，又不忍心问了，更不忍心亲手戳破她对现实生活所抱的期望。

想着想着就快八点了，他发微信给方菲，说有事倒休一天，两分钟后收到方菲回复，他便把手机扔在枕旁，翻身又睡了过去。直睡到下午两点，他起床泡了碗方便面，吃完后感到肚子勉强饱了，但心里仍然像打翻了五味瓶。

郁风决定出去走走，好好看看这座城市，他想起了六大道的马车，于是便去坐了。在马车上，隐隐传来的马粪味道并没有让他反胃，讲解员的讲解他也根本没有入耳，他的思绪飘到了不知什么地方。直到马车停了下来，他才失魂落魄地下去了，然后漫无目的地四处闲逛。

虽然是工作日，但六大道上游人如织。戴着红帽子、挂着胸牌的游客在高举小旗子的导游的讲解和带领下走走停停，间或买东西和拍照。郁风随着一拨拨游客走着，他也不知道要到哪里去，他只是不想回到那间出租屋。因为他怕自己忍不住又徘徊在妈妈家楼下，他怕自己忍不住会敲响她的门，他怕……

不知道来来回回在六大道上走了多久，天渐渐黑了下来。郁风的肚子也“咕咕”叫了起来。他正犹豫着是找个地方随便吃点儿什么，还是去家附近吃，这时候他看到一个熟悉的身影从一辆车上下来了，他正要喊白溪，却看到王旭也下来了。他们俩怎么会在一起？他们这是要去哪儿？郁风猛然想到秦雯雯提到的买裙子的事，于是情不自禁地挪动脚步跟着他们。

两人拐进了南海路，一前一后进了路边的一栋居民楼。郁风不敢贸然跟上，退回到路口处，在一个卖“驴打滚儿”的小车前买了三块，一边吃一边张望。

差不多一个小时后，郁风看到白溪从那栋楼出来，手里拿着一个文件袋，急匆匆地走着，从她的脸上看不出悲喜，但郁风还是觉得她的表情不太对劲儿。王旭跑出来后一边追一边喊着什么，郁风听不清楚，但他一直紧紧盯着王旭，一旦看到他有什么不妥的举动，他便会去保护白溪。

这时，第三个人从那栋楼里出来了，那个男人头发花白但身形高大，足有一米九，他边追边喊着什么，随后白溪停了下来，转回身走到他跟前，王旭见状也跟着她一起往回走。

郁风听不到白溪和那人说了什么，却看到白溪朝他深深鞠了一躬。然后转身走了，王旭紧跟在她身后。

郁风赶紧小跑几步离开路口，面向路边的一处花坛，蹲下假装系鞋带。直到感觉两人应该走远了，他才站起来。在看着两人上了一辆出租车后，郁风望着绝尘而去的车出神，他心中被与妈妈有关的记忆所占据的地方空出了一小块，换成了与白溪有关的谜团。

郁风始终不相信白溪和王旭会有什么瓜葛，但刚才看到的那个男人是谁？白溪和王旭为什么来找他？她又为什么朝他深鞠一躬？

郁风不知道自己走了多久才回家，这一次他没有开手机导航，而是凭感觉在黑夜中走着。他突然想到：妈妈昔日的离开有苦衷，白溪也有不为人知的事，就连秦雯雯都是个隐藏在社工队伍里的白富美，那些居民们都有各家难念的经……他身边的每一个人都有属于自己的“身不由己”，那么他呢？他又在坚持什么？他又该相信什么？

几天后的一个中午，郁风逮到一个四下无人的机会，看似漫不经心地问白溪：“我看你最近下班后总是忙忙叨叨的，没遇到什么难事儿吧？”白溪对他做了个“噤声”的手势。郁风瞬间感觉自己的心跳都加快了，他等着她对他道出事情的原委，但她却用只有他才能听到的声音说：“我报了一个考研辅导班，你不要跟别人说啊！”郁风听罢，心头的疑云更浓了。

就在昨天，各居委会管卫生口的社工原定在街后院的会议室开会，但郁风等人到了之后，发现文教口的会议还没有散。科长便带着他们来到四楼的小会议室。落座之后，郁风好奇地环顾四周，小会议室的四壁上挂满了各个时期的照片。郁风边听其他居委会的同事汇报近期工作边一张张看过去，突然，他的目光被一张照片吸引了。那张照片上的人很面熟，除了头发是黑的，面相跟那天在南海路边楼栋外见到的人一模一样。郁风怔怔地盯着那张照片，连科长让他发言都没听到……

散会后，郁风没有着急走，而是留下来和老社工郭其红一起收拾桌面上的纸杯，将椅子摆好。等他们收拾好即将走出会议室时，郁风突然指着那张照片说：“郭姨，这张照片上的几位居委会领导我都认识，可这位领导是谁啊？我怎么从来没见过。”“哦，这位是咱街的孟主任，退休好多年了，你当然不可能见过。”“我说看着怎么这么威严呢，原来是街领导啊！”“是啊，孟主任知人善任，要不是他，你们方书记恐怕还被老雷压着呢！”“以前雷副书记比方书记牛？”“那当然了，老雷曾经和一个人竞争居委会书记，最后那个人……反正老雷拼死拼活也没上去，倒让方书记‘后来者居上了’。”

郁风早就听说郭其红还有半年就退休了，街里的很多八卦她都挺清楚的，他从她闪烁其词的话里感到其中大有蹊跷，便装作八卦地问道：“您说的‘那个人’是谁啊？现在在哪个居委会？”不料，郭其红不但对此讳莫如深，而且还语重心长地说：“小郁啊，做好你的本职工作就行了，不该知道的不要乱打听，咱们快走吧，回去还有不少活儿得干呢！”郁风无奈只得作罢，但他忍不住想：“那个人”到底是谁？他或她最后怎么了？他或她会不会跟白溪有什么潜在的联系？

郁风的心情让秦雯雯的一句玩笑话说得更起伏不定了，白溪一直在明里暗里帮助他，他想如果她需要他帮忙，他一定当仁不让，但怎么才能让她对自己敞开心扉呢？

第三十二章

盟友的拥抱

郁风一直想找机会问白溪深夜坐网约车去干什么，终于等到那天，方菲让他俩参加街里的培训。结束后两人一起回去，郁风说："白溪，我一直想问你……"话刚出口，手机就在口袋里震动着。他看了一眼，马上接听："方书记……啊？我们马上回去！"见白溪一副等着下文的样子，郁风改口说："雷副书记住院了，方书记让咱们快回去！"

方菲告诉大家，雷斌因心脏支架内再狭窄住院了，他爱人前年因乳腺癌去世后，他一直独居，唯一的儿子在加拿大，办签证需要等几个月，无法马上回来。经街道党工委研究决定，安排全街男同志轮流去医院照看他，在此期间居委会副书记由民政主任陈茜倩暂代。郁风负责为雷斌申报市总、区总的住院慰问金。

郁风作为男同志中的主力，被安排七个下午半天照顾雷斌，其余时间调休。社工们同情地看着他，但他却没觉得有负担。一想到当初因为受批评教育而难过，雷斌第一个站出来安慰他，他就觉得自己责无旁贷。

一周后雷斌出院，郁风又转战他家照顾。因为医院有规定不许探视，所以雷斌一出院，方菲就组织大家每人出50元，由陈茜倩和冼海亮买慰问品，再派几个社工做代表去探望。郁风收到方书记微信后，想给雷斌一个惊喜，就没告诉他。孰料，昆仑路街要选派人参加市里的社工比武，召集所有工作一年以上的社工开会。于是，方菲只得安排白溪和秦雯雯去看雷斌。

郁风开门的时候，见到一个陌生的女人。他问她找谁，听到的却是白溪的声音。郁风诧异地望着她说："你怎么打扮成这样？秦雯雯呢？""她临出来时说肚子疼，让我自己来。""你穿成这样不合适吧……"郁风犹豫着该不该让她进去。

这时，屋里传来雷斌的声音。"小郁，是谁啊？"白溪趁郁风愣怔之际，使劲推开他，来到卧室。郁风赶紧跟了过去，却见雷斌指着白溪，嘴唇颤抖地说："你……你是谁？""我就是二十年前……""不可能！你到底是谁？"雷斌的声音更加颤抖了，郁风怕他再次发病，赶紧说："白溪，你……""白溪？不可能……你爸爸不是叫白悦诚吗？""你对我二伯的名字记得真清楚啊！那你还记不记得他哥哥呢？""你是……王婧雯？"虽然郁风听得一头雾水，但他瞬间想起王旭曾叫她"小雯"，他当时还觉得奇怪，但后来一打岔忘了问。还有刚才看到白溪的裙子，他突然想起秦雯雯说她和王旭去买裙子的事。而白溪接下来的血泪控诉，让郁风的三观彻底崩塌。

“当年你为和我爸爸白嵩竞争居委会一把手，利用他出于好心每天晚上教王旭识字的机会，以给王旭介绍对象为由，骗他说要和我爸爸玩一个游戏。你带了瓶下了迷药的白酒，让王旭陪我爸爸喝，待他昏过去后，和王旭一起把他放到床上。然后你换上我现在穿的这种红色连衣裙和高跟鞋，戴着假头套装扮成女人，摆出各种造型让王旭照相。王旭觉得好玩儿越拍越兴奋，后来还在你的欺哄下，抄写了你给他的一页‘检举信’，并按上了他的手印……我爸爸接受纪委调查后，突发心脏病去世，留下‘猥亵智障居民的姐姐’的骂名。我妈妈受不了悠悠众口，投河自尽。我在一夜之间成了孤儿，被没有儿女的二伯二婶抚养长大，他们带我搬到郊区，还改了名字，但我一直留着妈妈写给我的信，她始终坚信我爸爸是被奸人所害……”

“你血口喷人，你有什么证据说是我害死你爸爸？”“王旭为什么一直叫你雷骗子？他二姐为什么一辈子没结婚？你刚才为什么一看到我穿成这样就害怕？你怎么会那么清楚地说出我简历上家属的名字？当年想提拔我爸爸的孟主任私下调查过整件事，你想听听他怎么说吗？还有后来你担心事情败露，污蔑方菲是害我爸爸的始作俑者时所编造的谎言，现在还害得我误会了方书记……”郁风眼见雷斌的脸上已经惨无人色，打断道：“够了，别再说了！”“郁风，你要袒护这个杀人不见血的凶手吗？”“你有证据就交给警察吧，我相信天网恢恢疏而不漏，他现在已经在接受惩罚了。冤冤相报何时了？你何苦要把他逼上绝路!”

转天一早，白溪将举报雷斌的材料递交给相关部门。当天下午，雷斌被警方带走接受调查。同一时间，白溪收拾着自己的东西。秦雯雯把郁风拉到居委会院外问:“郁风哥，你怎么把我昨天特意留给你和白溪姐的独处机会搞砸了?你们之间到底怎么了?为什么她一回来就辞职了?”“你这孩子怎么又口无遮拦?方书记刚才不是说了吗?白溪考上了东山大学全日制研究生，辞职去上学。”“我之前看你也在看考研的书，你加油哦，明年去东山大学和她再续前缘!”“我警告你，你要是再胡咧咧，我就把你那次贪便宜买临期饺子粉给李大娘的事抖搂出来。”“谁贪便宜了?我根本就不知道饺子粉多少钱好不好?”

两人正在打闹，白溪突然出现，秦雯雯识趣儿地走开了。“郁风，那天培训后，你要问我什么?”“我想问你的问题，我已经知道答案了，我也知道了你是因为当年雷斌的谎言才对方书记有误解。但我还有个疑问，你早就认出王旭了吗?”“不是，你最初和老唐警官给李家姐弟调解时，我独自下网格，王旭正在看电视，他看到嵩山的宣传片，兴奋地指着‘嵩’字说，教他识字的人就叫‘山高’。我那时才明白，口齿不清的他当初跟咱们说的不是‘伯伯’(BāiBāi)，而是白白，他并不认识‘嵩’字。虽然他是‘帮凶’，但他是被雷斌蒙骗的，而且他至今惦念我爸爸，还努力帮我回忆、多次帮忙找证据、陪我去见孟主任，我也就没告诉他我爸爸早就不在了……”

“虽然我这样有点儿站着说话不腰疼，但我真心希望你忘掉过去，做真正的自己，过想要的生活，无论在哪里都开开心心的！”“谢谢你，郁风。以前我真心觉得你不适合干居委会，但后来我发现，你和我爸爸特别像，你们都是有担当、有责任感的人！”

郁风笑着向白溪张开怀抱，白溪亦笑着迎上去，昔日盟友深情地拥抱着。和煦的阳光照耀在他们身上，微风轻抚着他们的脸颊，周遭的世界万物生长，春暖花开……

后　记

为深入学习贯彻习近平文化思想，打造健康文明、昂扬向上、全员参与的职工文化，天津市总工会联合天津市作家协会、中国工人出版社开展天津市职工作家培育工程，深入挖掘中国职工文学起源地的深厚宝贵资源，创作职工文学精品，大力传承和弘扬职工文学，积极推动天津职工文学繁荣发展。通过培育工程，力求发现培育一批职工作家，点燃天津职工文学创作之火，推出讴歌新时代、颂扬主旋律、增强职工精神力量的现实主义小说作品，讲好中国故事、天津故事、职工故事，大力弘扬劳模精神、劳动精神、工匠精神，凝聚起为实现中华民族伟大复兴中国梦而团结奋斗的强大精神力量。

2023年4月培育工程启动以来，面向天津市职工征集5万字以上中长篇小说，先后召开两次专题工作推进会，举行职工作家培育工程座谈会，举办职工读书分享活动，基层工会认真组织，广大职工文学爱好者积极参与，共收到53部应征小说作品。天津市总工会、天津市作家协会成立专家评审组，推选出了10部小说作品，由此确定10名职工作家培育对象，随后邀请知名作家、评论家对10名职工作家培育对象作品进行指导，小说作品都在原有的基础上进行了结构和文字上的拓展完善，2023年底完成10部小说作品的成稿，经过中国工人出版社专业出版团队精心打造书稿，2024年4月出版发行天津市职工作家创作文丛。

感谢著名作家蒋子龙对培育工程的关注和支持，特别是蒋老逐篇审阅了文丛书稿，提出了修改意见，并亲自为文丛作序，倾注了大量心血，他对晚辈和新人的倾心扶植与关爱，让我们感动。全国总工会对天津市职工作家培育工程给予充分肯定，全国总工会宣教部专题听取汇报，提出指导意见，对丛书出版和推介也提出具体意见。感谢天津市委宣传部、天津市作家协会对丛书编辑出版的指导和支持。还要感谢王震海、狄青、张楚、邵衡宁、宋曙光、徐福伟、黄桂元（按姓氏笔画排序）等作家、评论家对职工作家培育对象进行了一对一悉心培育，对作品给予了一对一倾心指导，在此对各位领导和专家表示衷心的感谢。

由于编者水平有限，疏误之处，敬请广大读者批评指正。

天津市总工会

2024年4月